組長の妻、はじめます。
女ギャング亜弓姐さんの
超ワル人生懺悔録
廣末登
新潮社

こわいのは質問だよ。
ほっとけば眠ってる。
たずねてしまえば、起こしてしまえば、
知らないものまで起き上がる。
——ジョナサン・キャロル

# はじめに——本書の成り立ちについて

人の縁とは不思議なものです。ちょうど、山から流れ出した細流が幾筋も合流し、いつしか対岸が霞むような大河となるように、一人の人間との出会いが広がり、多くの人との出会いに至ります。

私が、大阪を博士論文執筆のための調査地点に定め、ヤクザの調査を始めたのが2006年の1月でした。その後、義理を欠かないように、毎年必ず大阪に足を運んできました。その最初の成果が、『若者はなぜヤクザになったのか——暴力団加入要因の研究』(ハーベスト社)でした(同書は、学術書の体裁でしたので、その後『ヤクザになる理由』〈新潮新書〉という一般書に書き直して世に問うことになります)。

「バッテンさん、ヤクザ紹介すんで」(バッテンさん、とは周辺の方々が私につけたあだ名です。博多出身の私の口癖「ばってん」から取ったもので、バッテン先生、バッテン君と呼ばれることもあります)というと、私が手放しで喜ぶものですから、会う人は皆、ヤクザか元ヤクザを紹介してくれます。

その結果、私の頭の中のキャビネットに収められたヤクザリストは、年々分厚くなっていきました。良いか悪いかわかりませんが、これは現在進行形です。つまり、今もリストは日々更新され、厚みを増しているのです。

はじめは男性の方ばかり紹介されましたが、段々と慣れてきますと、その地域にも顔見知りが増えますし、〝室浜といえば牡蠣[1]〟のように馴染んできます。すると業界はどこもそうですが、狭い社会です。実話雑誌でお目に掛かるような人も、普通に生活しているのが都会ならではの光景です。

10年も「ヤクザ紹介すんで」を日常的に履行されますと、それはそれは相当な方と顔見知りになります。中には、意気投合して家族づきあいするような方も出てくるのは、人間として当然の成り行きです。

そうすると、いわゆる姐さんという人たちとも出会いがあります。はじめは興味本位で面白可笑しく話を聴いていましたが、これがまた男性に負けず劣らず、なかなか面白いのです。女子ならではの面白さがあります。さらに出会う女性が、これまた、すこぶるつきの有名人ですから、逃す手はありません。

そこで生まれたのが拙著、生野では有名な組の長女・中川茂代さんの語りに基づいた波乱

1　岩手県釜石市室浜は牡蠣の養殖が盛んであり、「桜牡蠣」などのブランドで知られる。

万丈の個人史です（『組長の娘　ヤクザの家に生まれて』新潮文庫　2016年）。中川さんのお母さん（ビッグママ）も、大和奈良の名門博徒一家の娘であり、地元では知らない人はいないという有名人です。10代で旅の草鞋を履き、全国を旅して修行したほどの女博徒です。

さて、2014年、日工組社会安全研究財団から提供された研究資金をもとに、筆者は、「ヤクザ離脱者の実態」を調査し、暴力団離脱政策のたたき台を提案する機会を得ました。調査するときはだいたい本調査と反復調査で、少なくとも通算で3か月くらいは関西のドヤ・西成に滞在するのが常であります。つまり、滞在期間中は調査対象者の家庭に複数回お邪魔するようになり、日を追うにしたがい、次第に心やすい関係になるというわけです。

この調査に来て半月くらい経った頃でしょうか、

「バッテン先生な、いまヤクザ離脱してんのやったら、すごい男がおんで。元組長もインタビューしたいんやろ。紹介しょうか」

とある方に言われてお会いしたのが浅井茂雄さん（仮名）。本書の主人公である亜弓さんの旦那さんです。浅井さんは当時、40歳。数年前までは数十名の組員を抱える組の会長をしていたと言います。黒塗りのセダンに乗って現れたイケメンの彼は、ダークスーツに身を包み、キリッとネクタイもしていて、若手実業家という風貌でした。

ヤクザに限らず、人は第一印象で、そりが合うかどうかという親和性に関する第六感のようなものが働きます。その時、「この人はどうも長い付き合いになりそうやなあ」と思いましたら、案の定そうなりました。

実は、浅井さんと出会う以前から、地元のヤクザや元ヤクザ周辺にとても顔が広い『組長の娘』中川さんから私はこんな話を聞いていました。

「バッテン君は、うちが悪い女で、最悪の生き方して、誰からも怖れられていると思うかもしれんが、大間違いや。もっと激しい女が居るで」

中川さん自身の壮絶な人生を知る筆者にとっては、にわかには信じがたい言葉でしたが、彼女はさらにこう続けたのです。

「男でも女でも、裏の社会で生きてるもんで、この女の名前知らん奴はモグリやな」

浅井さんに暴力団離脱に関するインタビューを行っている時、話をしていた居酒屋に、子どもを連れて迎えにきた亜弓さんと出会います。中川さんが話していた女性が亜弓さんであることはまだ知りません。これが本当の初対面で、2014年5月の夕暮れ時のことでした。

その時、亜弓さんの年齢は44歳。身長は165センチくらいで、痩せ過ぎず、太り過ぎずという体形です。髪は栗色でショートにしており、一重の切れ長の目をしています。スエットの上下を着て子どもを抱いている姿は、ママさんバレーの帰りか、スポーツクラブで見かける普通の奥さんです。長男が通う幼児英会話学院などから電話がかかると、それは、そんじょそこらの奥様より丁寧な「標準語の」言葉づかいで対応しています。

この出会いの数日後、私は中川さんに言いました。

「浅井さんの奥さん、姐さんやったそうですが、大人しそうなよい方ですよね」

すると、中川さんは、「ブッ」とばかり飲んでいたビールにむせながら、

「まじで、あんた、何言うてんのん……亜弓ほど悪い女がおったら、うち、顔拝みたいわ。バッテン先生も女見る目がないなあ」

と、笑われました。

「そらあ、どげん風に悪いとですか」

「うちの口から言うていいことと、（本人にとって）都合の悪いこともあるやろう。本人から聴いてみいな。まっ、……とりあえず大学（刑務所のこと）は一緒やってんけど、亜弓にヤマ返せる（抵抗や口答えをする）もんは、そこらには居らんかったで」

そこまで言われて、興味を持たないわけがありません。

はじめは「私の話なんか若気の至りですから」と言い、躊躇いを見せていた亜弓姐さんも、度々足を運ぶ厚かましい私に根負けしたようです。さらに、現在ある組の組長をつとめている旦那さんも面白がり、「そら、茂代ママも本を書いてもらってんのやったら、お前も書いてもらえ」と言いましたから、ようやく重たい口を開いてくれるようになりました。ちなみ

に、その旦那さんは、姐さんのことを評して、こう仰っています。

「大阪中どこ探しても、こいつほど悪い女は知らんで。おれも最初は『姐さん』呼んでリスペクトしてたんやからな」

たしかに、姐さんの話は、何とも形容しがたい前代未聞、知られざる裏社会の女の物語でした。聴き進むにしたがい、「こらあ、男の話よか興味深いなあ」と思わざるを得なくなったのです。


いかに私の女性を「見る目」が役立たずで、中川さんの言葉が正しかったのかは、本書を読んでいただければおわかりになると思います。

本書に限らず、こうしたヤクザやその周辺の人たちの話を聞きとり、紹介することに、疑問を抱く読者もいるかもしれません。そんな輩の言うことに、耳を傾ける必要があるのか——真面目な方ほどそう考えられることでしょう。

私は決して、亜弓姐さんも含めて、登場する人たちの行動を肯定する立場にはいませんし、また推奨もしません（それは亜弓姐さんも同様です）。しかし一方で、社会には常に一定数のアウトローが存在し、また彼らによる犯罪が存在することも事実です。

私が取り組んでいる犯罪社会学という学問は、その構造や仕組みを研究するものです。そして、そのためには、当事者からの聞き取りは極めて大きなウエイトを占めています。どのような生い立ちで、どのような経験をすることで、どのような行動につながるのか。こうしたことは机上の空論では意味を持たないからです。

現在は、民間企業や市民までをも巻き込んだ暴力団排除条例のおかげで、ヤクザにとっては息苦しい「異様な時代」です。氷河期を迎えたヤクザ社会の男たちを陰で支える女傑自身の物語、彼女が生きたリアルな個人史ということもあり、彼女の証言は、簡単には得難い貴重な一次資料ともいえると思っています。

本書は亜弓さんへの約60時間の取材と、2回の郵送による原稿の加筆・修正をもとにまとめたものです。

前置きが少し長くなりましたが、以下、主人公の亜弓姐さんご自身の口から、「悪い女」の生きざまを、リアルに語ってもらいましょう。

なお、本文中に出てくる人物や団体名は、本書の性質上、基本的に仮名とさせていただきます（中川さんも亜弓さんも仮名です）。ただし、語られているエピソードは、若干の変更や割愛はあるものの、決してフィクションではありません。現代日本社会の一角で生起した事実に基づいて書かれています。

# 組長の妻、はじめます。

女ギャング亜弓姐さんの超ワル人生懺悔録●目次

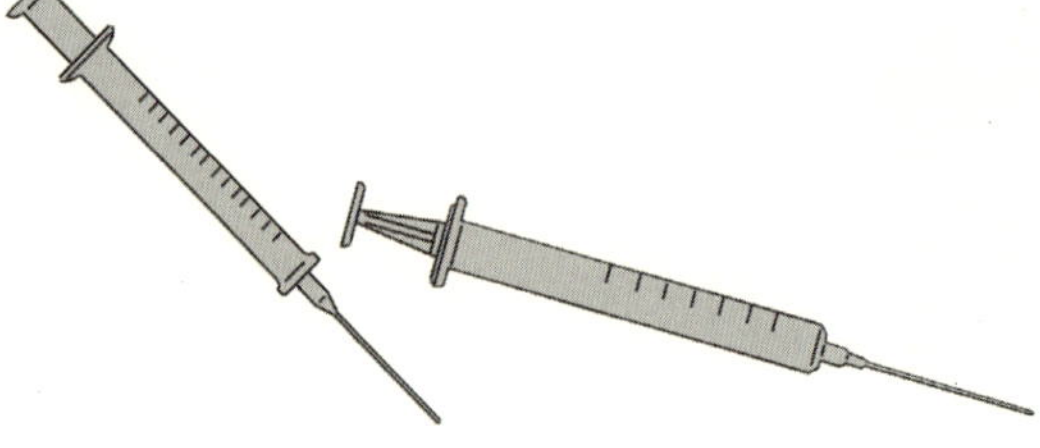

装画・挿画　北澤平祐
装幀　新潮社装幀室

# 組長の妻、はじめます。

女ギャング亜弓姐さんの超ワル人生懺悔録

# Ⅰ ヤクザの家に生まれて

## 父の根性

私は、昭和45年に神奈川県の川崎に生まれました。父は、大阪の生野（区）[2]のヤクザで、名の知れた組織の人間でして、ある映画では、俳優の清水健太郎さんが、父の役を演じていました。

「カミソリの千代」という通り名を持っていたビッグママ――これは、茂代ママのお母さんのことですが――と、うちの父とは古くからの知り合いだったそうです。ビッグママからは、後日談として、父にまつわる、いろいろな昔話を聞きました。

この父が、母と死にもの狂いの大恋愛をしまして……まあ、母は父とは違い、大卒のＯＬいうような人でした。母の伯父、私にとっての祖父の兄は、信一という人で、「殺しの軍団」といわれた組のヤクザやったんですが、それが災いしましてん。父と母の結婚に大反対した祖父は、せっかく手塩にかけ、掌中の珠のようにして育てた娘を、ヤクザ者と結婚させたくない思いから、ある日、大伯父配下の組員に父を誘拐させリンチしたそうです。それは見る者が目を背けるほどボコボコにして、骨折やら内臓破裂やら……死ぬ寸前までいったそうです。

それでも父は、頑として母と別れるとは言わない。祖父はとうとう根負けして、両親の結婚を認めました。

私は在日三世ですねん。母方は「高」姓で済州島のあたりのルーツ、父方の「朴」姓は、韓国の慶尚南道《キョンサンナムド》のあたりに多いそうです。これは、嘘か本当かわかりませんが、「高」姓の一族は、一般に躾の厳しい傾向があるそうです。そのためでしょうか、母も、その妹（私の叔母）も大卒です。叔母は朝鮮銀行に勤めていました。

兄弟は、私のほかに、一つ上の姉、弟、妹がおりますが、この姉の記憶は残っておりません。なんでも生野に住んでいるとき、白昼の街中でトラックに轢かれて亡くなったそうです。

これも後年、ビッグママから聴いた話です。

この出来事が両親に与えたショックは、かなり大きいものがあったようで、新天地を求めて神奈川に引っ越し、そこで私が生まれました。でも、慣れない土地でなかなか馴染めない。シマ[3]が違うため、父のシノギ（ヤクザが収入を得るための手段）も思うようにはいかなかったようで、やがて夫婦喧嘩が激しくなったんですね。私は小学校まで、大阪の祖母に預けられました。そこで、幼稚園に通い、小学校に入学したんです。

---

2　大阪市生野区には鶴橋があり、焼肉の街として知られる。在日韓国人が多く住み、ＪＲ鶴橋駅に隣接して韓国市場などが軒を連ねる。

3　ヤクザの縄張りのこと。

私が小学校2年に上がる頃、父のシノギもようやく軌道に乗り、神奈川の両親は何とか息つけるようになったようです。（小学校）2年生の初めには、私も神奈川県川崎市の学校に転校することになりました。

ただ、学校生活が楽しかったかというと、可もなし不可もなしいう程度です。なぜなら転校が多かった。父の稼業がヤクザですから、川崎で友達できたと思ったら、千葉県内に引っ越し、そして最後には大阪に舞い戻りまして、中学校は片町線沿線の四條畷《しじょうなわて》[4]西中いうところに落ち着いたわけです。

まあ、子ども時代、転校は嫌なものです。特に大阪帰ってきたのは、色気出てくる年齢ですから、何事にも敏感です。周りの人らの大阪弁が耳にキツイと思いました。ですから、自分は、大阪弁と関東の標準語のハイブリッド弁とでもいうたらいいのでしょうか、人によって使い分けるようになったんですね（今も、基本、標準語で喋っているでしょう?）。

話を戻しましょう。

神奈川の両親のもとに引き取られた時、「ヤクザ」というものがどんなものかサッパリわかりませんでした。ただ、怖そうなヤヤコシイ人らが家に遊びに来たりしていましたが、まさか自分の父がヤヤコシイ人の仲間とは思いもしませんでした。遊びに来ていたヤヤコシイ人らも、私ども子どもには、お土産下げてきたりしてくれて、とても優しかった記憶があります。

たまに父とお風呂に入りますと、なんや身体が傷あとだらけなんですね。「そうか、大人の男の人やからあちこちに傷があるんや」とか思いながら、無邪気に育ってきました。でも、ある雨の日に、父が喧嘩して腕から血を流しながら帰ってきました。服は破れ放題で、全身ずぶ濡れの父を見て、はじめは誰かわからないくらいでした。その時から、喧嘩が仕事のヤクザなんや……と、幼心に知りました。

私が母親に、「お父さんの仕事、ヤクザ屋さんなん？」と、とぼけた質問すると、母は目を伏せながら「お父さんの仕事聞かれたら、貿易関係の仕事や言うてなさい」と言っていました。

そんな父でしたが、私を含め、子どもは可愛がりましたね。横浜の山下公園のところから、フェリーで九州の宮崎まで旅行したり、何度か家族旅行にも行きました。少女といわれる時代は、いま思い返しても人並みに円満でした。

転校を繰り返した小学校時代には、特筆すべきことはありません。しかし、故郷の大阪に帰ることになってから、生き方が全く違う方向に向いてしまいました。

4　大阪府北河内地域に位置する。

## 積木くずし

関東から引っ越したのが、大阪の四條畷です。ここには、２歳年上の従姉がいまして、これまでもたまに会っていました。

まあ、何といいますか『積木くずし』[5]のリアル版のような従姉でした。中学に入る時には、制服やバッグなど従姉がお下がりをくれるんですね。この当時、父の収入も浮き沈みがありましたから、「お下がり」が経済的にはとても助かるんです。

でも、私はというと「なんなん、こんなスケバンみたいな服、嫌やわ」と思っていましたが、さらに、段カット（現在でいうところのレイヤーカットです）、ソックスと、従姉は細かく着こなしの指導をします（母はお嬢育ちですから、丈が長いスカートや、プレスされたような薄い鞄を不思議には思わず、普通だと思っていたようです）。いわゆるスケバン・スタイリングですね。

マジメな話、迷惑やったん覚えています。なぜ迷惑か？ 同級生や先輩から目ェつけられますやん。でも従姉としたら、自分の妹分がダサイ恰好で登校したら嫌やったんでしょう。

私（の目）は一重で少し上向きでしょ。ちょっと他人と目が合うと「あんた、何メンチ切ってる（ガンをつける）のん」とか、「ちょっと、態度でかいんちゃう」「関東から来たいうて、ノボせんなよ」とか、とか、とか……まあ因縁つけてくる子がいるんです。従姉に、「あの子からこんなこと言われた」と言うと、「あん子はいかん。どこそこのヤクザの娘やで。

今度会ったら謝ってたほうがいいな」とか、恰好に似合わず弱気なアドバイスするんです。

私としては、あっちから気分悪いこと言われたのに、なぜ謝らないといけないの、関係ないわ、と思っていました。この頃からですかねえ、おそらく……理不尽には一方的に屈したくないという反抗心からか、不良のスイッチがカチリと入ったのは。

## グーパン（拳骨パンチ）でイワす[6]日々

不良の第一歩は万引き。女子のグループで万引きをするのですね。別に欲しくもないモノでも盗っていたんです（万引きしたモノは、テキトーに友達にあげていました）。小遣いは、お父ちゃんの稼ぎに関係なく、ちゃんと毎月もらっていました。

最初に補導されたんは中１の時でした。３８０円のリップやったですね。店に謝りに来た母からは「お小遣いで買えるでしょう。なして盗ったん」言うて、ビンタかまされました。

---

5　副題は「親と子の二百日戦争」。１９８２年に桐原書店から出版された、実話を基にしたノンフィクション作品であり、著者である穂積隆信の体験記である。出版の1年後の１９８３年からテレビドラマ・映画化された。中でも高部《たかべ》知子《ともこ》が主演を務め、１９８３年からＴＢＳで放送された最初のテレビドラマ版である『積木くずし・親と子の２００日戦争』は全７回で放送され、高視聴率を収めた。

6　殴る、痛めつけること。

それでも万引きは止められません。

この当時の万引きは、言うたらスリリングなゲームなんです。実行を、ちょっとでも躊躇うと、グループの仲間からバカにされますし、ナメられます。この当時から人の風下に立つんは嫌でしたから、悪いことを、仲間内でも率先してやっていたように思います。結局、この「癖《へき》」はなかなか抜けず、後年まで引きずりましたね。

非行の道に入りますと、おそらく私だけやないと思いますけど、坂道転がり落ちるようなものですよ。そして、私の場合、お次は喧嘩でした。

地元には、5月になると近所にある野崎観音の祭り[7]があります。8日間でしたか……祭りの期間が結構長いんです。この祭りでは他校の子、知らない子らとも交差します。「あんた、ちょっとどこの子なん。その目つきが気に入らんなあ、そこまで顔貸してもらおうか」とか因縁つけるんですね、それから持ち物取り上げる。ヤマ返して来たら、グーパンでイワしてました。

タバコなんかもしょっちゅうでしたから、喧嘩とタバコ、風紀違反などなどで、先生に呼び出されるんは日常的な風景でしたね。親（母親ですが）も、学校に「呼ばれ尽くした」といえますね。

ドラミちゃん[8]いうあだ名の男の数学教師が居たんですね。私らは、この先生の弱み握っていましたから（弱みは内緒にしておきます）、利用しまくり、イジメ抜きました。

なぜかこの学校は、職員室以外に先生の部屋がありました。私たちは、ドラミ先生が何も言えんことに付け込んで、この部屋の冷蔵庫にビール入れといて飲んだり、タバコやったり、シンナー行ったりしてました。いま、考えたら、可哀そうなことしましたね。

中学は行ったり、行かなかったりの繰り返し。風が吹いたり、雨が降ると自主休校でした。なぜなら、髪が乱れますから。あるいは、親にうるさく言われますと、学校行く振りして、友人宅でシンナーですね。

この頃……いうたら中学2年くらいやと思いますんけど、アジト[9]みたいな先輩の家があったんです。山田君とヨリ子さんいうカップルですが、一緒に住んでいましたので、そこがシ

7　野崎観音慈眼寺において行われる祭り。「のざきまいり」。毎年5月1～8日の期間中には、JR学研都市線野崎駅前から野崎観音までの参道に、300軒ほどの露店が建ち並び20万人を超える人出で賑わう。寺宝として釈迦涅槃図を蔵しており、境内には、松尾芭蕉の句碑などもある。

8　ドラミちゃんとは、藤子・F・不二雄の漫画作品『ドラえもん』に登場する猫型ロボットで、主人公ドラえもんの妹である。

9　アジトは、英語の“agitating point（アジテーティング・ポイント）”を略した和製英語。反政府・反社会的行動を指導する指令拠点や地下運動家の隠れ家を意味する用語として定着した。その後、次第にアジトという用語は、大衆化、一般化し、犯罪者集団の隠れ家や不良少年の溜まり場、さらに子ども達が使っている秘密の空家などを指す用語となった。

ンナーとか悪いことするには都合がよかったですね。もう、入りびたりで悪さばっかしていました。

でも、エッチはなかったですよ、これは後で話しますね。まあ、私の中学時代は、長渕剛の『素顔』なんかがバックミュージックです。長渕は、当時よく聞きました。

## コーラの中身はシンナーでした

そうこうしている内に、歳は重ねます。いやでも高校に上がらなあかん年齢になりますね。私は一応、公立を志望して受験したのですが、見事にアウトでした（自分では結構カシコイつもりだったのですが、勉強は嫌いだったからでしょう）。

そこで、親は、祖父と共同出資して、私を某女子高の家政専門科に入れました。この高校は、カネさえ積んだら入れますし、Cコースの金額を払えば、共学の某名門学園の卒業証書がもらえます（AとBコースは残念賞で本来の女子高名の卒業証書です）。

しかし、高校入学したらマジメになるなんていうことはありません。ほかの中学から悪のエリートが来ていますから、すぐにグループ結成して、悪いことしてました。家政科やから裁ちバサミもっていますやん。生意気な女は、「コラ、おまえナメとんのか」言うて、容赦なく髪の毛バッサリ切りよったですね。これよりましな場合でも、「何なん、その目つき。あんたナメとんちゃう。ちょっと来や」言うて、バーンとグーパンでイワしてました。これは、自分も中学時代によくやられたことですから、別に罪悪感なくフッーにやれていました。あと、面白いことに、授業中は仲間のみんなは缶コーラを持っています。中身はコーラ違いますよ。シンナーですやん。授業中からラリってましたね。まだ、この当時は覚せい剤ではなかったです。

高校になったら、女子はオシャレに余念がありません。今考えたら、なんという恰好かと思いますが、みんなソバージュして、カラー入れてました。スカートは超ロングのお決まりスタイル。ツルむ相手もいつも同じです。

そんな仲間の一人のワンちゃんという子が、ある男子校のヤツから可哀そうな目にあわされました。何をされたかは、大体、察しがつくと思います。その話を聞いた仲間は、「そらオトシマエつけてもらわないかんなあ」いうことで意見が一致しました[10]。

加害者は等々力いう男やったです。で、仲間全員でその男子校の校門前に張り込み、「ちょっと、等々力いうのんを知らん？」と、そこらじゅうの学生に聞きまわってたのですわ。

---

10　「リンチする側の仲間の結束と仲間に対しての自己のハンパでないことの誇示によるものと思われる。社会学でいうところの外集団に対しての敵対と内集団の結束である。だからこそ、『あたしがバン張っていたからには場を守らなければならない』し、『それがキマリ』だし『オトシマエをつけることが常識』なのだ」（坪内、1979：矢島、2012）。

ついに本人とツレを確保しまして、「あんたなあ、ワンちゃんに何してん」言うて、男2人を、女5人で囲んでグーパンでボコボコにしたものです。

相手は勢いに飲まれてしまったのでしょうか、抵抗してきません。いえ、おそらく、自分のしたことが悪いという思いもあったのだと思います。ついにその高校の先生が出て来て、止めにかかりました。まあ、髪の毛が赤茶色やら緑やらの女子高生が、校門前に屯ってたら、学校としてはとんでもなく迷惑ですし、フルボッコ[11]いってるんですから、止めますよね。

この仲間とは、こんなこともありました。ヤナちゃんいう子が、鴻池の商店街にある中華料理屋の店員のマー坊いう子とデキたんですね。お互いが惚れあってたんなら、それはそれで構いはしません。ですが、マー坊のほうは遊びやったんです。それがわかった日から、私たちは7人位で一日中店を占拠して、散々飲み食いした挙句「お金ないんやわん」言うて、嫌がらせしてた。今なら「威力業務妨害」いうようなものです。でも、この当時は、仲間の女の子が何より大事。アホで出来の悪い子ほど可愛かった気がします。

**退学**

高校1年の1か月目位やった思いますが、シンナー片手に教室に向かっていましたら、女担任から「それ、シンナーちゃうの。いい加減になさい」と言われ、（廊下で）コーラ缶を奪われました。

「何するん。返してや」「いけません」言うて口論していると、反射的に蹴りを入れていました。場所は階段の上でしたから、その女担任はバランスを崩して、階段を転がり落ちました。

幸い、20代の若い先生でしたから、骨折はなく打撲程度で済んだと記憶しますが、先生たちは、上を下への大騒ぎになり、母が学校に呼ばれました。そして、即刻「退学」です。母からは「あんた、ココに入るのに、どんだけ高いカネ払った思うてるの。ふざけんじゃないよ」と、えらく怒られた記憶があります。

この「高いカネ」は、母だけでなく、ヤクザの祖父からも出ていましたから、退学以降もしばらくは、朝起きて制服に着替えて学校に行く登校フェイクだけはしていました（祖父が同居していましたから、退学がバレないよう、隠ぺい工作です）。もちろん、行き先があるわけではなく、例の山田君とヨリ子さんのアジトや、鴻池、四條畷、京橋付近を徘徊していたのでしょう。

なにせ当時はシンナーでラリっていましたから、自分が何をしていたか、どれだけ他人様に迷惑掛けたか記憶が飛んでいます。とりあえず、車に轢かれず、襲われず、まっすぐ歩くことはできていたようです。

## 11　徹底的に、一方的に殴ること。

## 男狩り

そんな毎日をいつまでも送るわけにはいきませんので、16歳の頃から焼鳥屋のバイトを始めました（昔取った杵柄です。今でも焼鳥焼くのは上手いもんですよ）。ここは、父と母がたまに行く店でしたから、マスターとも顔見知りでした。一人で働くのも寂しいですから、友達のナオミちゃんを誘い、一緒に働きました。

焼鳥屋の休みは月曜日。サービス業はストレスが溜まりますから、この日はナオミちゃんと徘徊するのが常でした。店に地元のヤクザなんかも来ていましたから、よく誘われたものです。当時、ナオミちゃんも私も容姿には自信がありましたので、内心では「何ぬかしてんのや、このタヌキ」と思い、とりあえずカネだけは巻き上げて利用したものです。二人とも、年齢に似合わず老成していたと思います。

当時はディスコが空前のブームでした。店のお客から連れて行ってもらったのが最初と思いますが、この頃から難波にある「クゥー」[12]というディスコに通うようになりました。これが、私たちに女の魔性を覚醒させたのです。

おそらく、世の女性は誰しも変身願望があるのではないかと思います。化粧や服で、女は変われますから。『ヤヌスの鏡』[13]というテレビドラマがありましたが、そうした女性心理を巧みに表現していたから、視聴者にウケたのではないでしょうか。

ですから、月曜日は、亜弓ではなくレイコになったり、ナナちゃんになったり、様々な名前を使い分けました。名前だけではなく、メイクも洋服もチェンジして、思いっきり違う自分になって遊びに行くんですね。遊ぶといっても、いわば「男狩り」とでもいうべきものでした。

ひどい女と思うでしょうが、それには理由があります。焼鳥屋はストレスが溜まると言いました。なぜなら、いい年こいてケッタクソ悪い中年のお客が多く、お尻は触る、胸には手を入れてくる（お店のハッピの中に、ピッタリとしたTシャツ着ているのですが、その中まで手を入れるのです）、卑猥な言葉を投げかける……いつもオッサンのギラギラした眼に晒されます（ここには書けないような行為に出た男も居ます）。これは思い出しても気分が悪くなりますね。

でも、店の中では、どんな奴でもお客はお客。いくらなんでも店内でイワすことはできません。そんな毎日を送っていますと、男というものに憎しみのような気持ちが募ってきまし

12　大阪市浪速区難波中にあったビルに入っていたディスコ。

13　１９８５年から１９８６年にかけてフジテレビ系列で放映された、杉浦幸主演のテレビドラマ。普段は真面目な優等生・裕美が、突然、別人格である凶悪な不良少女・ユミになり、夜の繁華街で暴走族などを相手に大暴れする。人間の変身願望と多重人格の恐怖を描いたサスペンス学園ドラマ。

た。「所詮、あんたらヤリたいだけやんか」と、思うのですね。
実は、私は筋金入りの不良を地でいってましたが、貞操だけは大切に守っていたのです。初体験は17歳でした（遅いでしょう?）。相手は焼鳥屋の常連で、筋骨逞しい商船乗りでした。彼はアメリカ人とのハーフで、シュワルツェネッガーのような風貌でした。あだ名はツートン。

ある日、彼のバースデイパーティに呼ばれて、「付き合おうや」ということになり、（私も好きという感情がありましたから）行為に及んだわけですが、「ちょっと、何なんこれ」という感想でした。納得ができなかった。[14] 何より痛みがショックでしたし、男はキモイと思うようになったのです。

そのキモイ男が、毎日、次から次へと群がってくる。酔っぱらい、いえ、酔ったふりしてたのも居ると思いますが、男という生き物は理解できませんでした。少なくとも、若い時分には。だから……とりあえず、憎みました。

相棒のナオミちゃんが、男に騙されヒドイ目にあったのも、男への憎しみに油を注ぎました。ですから、月曜日は変身して「男狩り」に行くことにしたのです。私たちの間では、このことを「仮面ライダー」と表現していました。普段は聖子ちゃん（松田聖子）の「天国のキッス」や「赤いスイートピー」を歌う仮面ライダーでしたが、男を懲らしめるための必殺技があったのです。

私たち、無敵の女仮面ライダーは、こちらからは仕掛けません。声を掛けてきた男に、ととことん金を使わせるんです。だいたいディスコで声掛けてくる男は、間違いなくよからぬことを企んでいます。酒を飲ませようとするから、ピンときますね（酒に恐ろしく強い私を酔わせようなどとは、「百年早いわ」と思ったものです。酒で男に負けたことはありません。ちなみに、喧嘩で女に負けたことはありません）。

そこで、「場所変えよう」とか言って、ブランド物を売ってるお店に行く。「あれ欲しい」「これ買ってーな」と言うと、男は、それが私の身体の代金と思うのでしょう、ニンマリ期待顔しながらカード切ります。私は、別にブランド物が欲しいわけでもありません。そんな好きでもない男から買ってもらったバッグや指輪には全く興味はありませんから、欲しい子にあげていました。

それら――シャネルのバッグ（特に当時シャネルは大嫌いでしたけど値が張ります）や、

14　「性交渉の初期でオーガスムスを感じる女性はほとんどいない、と言われる。女性が性的行為に求めるのは、性的行為を介しての親密で優しい関係だ。今どきの言葉で言えば、オンリーワンになれない女性が、オンリーワンになれるという、そんな関係が男女の性的場面では成立する」。ただし、こうした少女たちの願望によるセックスを介しての男女関係は一時的な関係であり、「『とうとう傷ものになってしまった』、『もうこわいものない感じ。落ちるところまで落ちた』という自傷感情に見舞われる。こうして、性的キャリアは非行キャリアと相補関係に進んでいく」（坪内、1979：矢島、2012）。

ヴィトンのモノグラム、流行っていたコンビのロレックス、1キャラ（カラット）のダイヤをあげた子らは、喜んで私の僕《しもべ》になります。そうした子らは男狩りの道具に、いわば囮として使えるのです。

当時、「おまえ、おれの女になったら、月100万払うで」とか、眠たい（とぼけた）こと言うヤクザの男もいましたが、売れっ子時代の私たちには、100万円がはした金に思えたものです。それでも焼鳥屋で働いていたから不思議でしょう。

でも、月曜日に、憎い男たちに（不特定多数の男という動物に）ヤマ返したあとは、スッキリ、サッパリした気持ちで働けるから不思議でした。今にして思えば、まだまだ子どもで、思いっきり背伸びして（心の中で）「高いハイヒール」履いてたのやないんかなと、思います。

17歳の頃ですか、それまで「アイドルなんかに負けへんわ」と、自信を持っていたナイスバディでしたが、ビール好きが祟ったのでしょう、ポッチャリしてきたから「ボディコン」が決まらなくなってきました。ちょっと女としてアセリが出てきましたね。

さらに、仮面ライダーの相棒ナオミちゃんが、焼鳥屋のマスターとデキてまったのです。当時、マスターは45歳くらい、17歳のナオミちゃんは、娘いうような年齢ですやん、ビックリしたんを覚えています。結局、二人は結婚しましたから、「男狩り」も出来なくなってしまいました。

ナオミちゃんは、当時、私の一番の仲良しでしたが「亜弓、うちアンタが怖くなった……ちょっとヤバすぎるよ」とか言われ、二人の間には、なんとなく溝ができてしまいました。私はというと、ほかの悪い遊び友達を探して、段々深みにハマっていきました。焼鳥屋も、ナオミちゃんとマスターが結婚した半年後位に辞め、レンタルビデオ店とかでバイトしましたが、面白くありません。新しい職場は、大体、2か月程度しか続きませんでした。

## シャブとの遭遇

さて、私が更に深みにハマっていった出来事がありました。ホント、この一事をみても、人生のはかなさ、脆さがわかります。

18歳になるかどうかという時期でした。門真《かどま》[15]のスナックに、女の子の斡旋を頼まれました。そこで、仕事を探していた後輩――まあ、見た目も並み以上のルックスでしたから、紹介しました。後輩は「一人で働き行くんは不安やねん」とか言っていましたから、「わかったわ、あんたが慣れるまで、私が道連れになったる」とか言うて、彼女が慣れるまでは私もヘルプで働くことにしました。いざ、夜の店で働きますと、慣れないヒールが足を食って痛いのです。ちょうどカカトの上の部分。

15　大阪府北河内地域に位置する自治体のこと。

ある日、街を歩いていたら、改造バイクに乗った山田君に会いました。世間話しながら「ちょっと、スナックで働きようんやけど、ヒールが足食って痛いんよ」と言うと、「いいものがあるで」というので、その足で、中学から慣れ親しんだ山田君の家兼アジトに行きました。

早速、山田君は注射器とパケ（パケット＝ビニールの小包）を出してきました。私は、それがシャブということはスグにわかりましたが、「打って」言うて、自分から左腕を差し出しました。針がスルスルと入っていきます。するとどうでしょう。ヒリヒリしていたカカトの痛みは一瞬で無くなり、髪の毛が天井に届くような感覚、何より、耳かきのフワフワが、身体中の血管内を巡っているようなゾクゾク感、切れ長の目まで大きくなって大満足。思わず「気持ちイイワー」と言うたことを覚えています。

しばらくすると、心臓のドキドキが、段々激しくなってきました。少し不安になった私が、そのことを山田君に訴えたら、「初めてやから、ちょっと量が多かったかなあ」と、心配そうに首を傾げ、「横になったら楽になる」と、枕を持ってきてくれました。

だいたい、シャブやる人は、ここでエッチに発展するのでしょうが、山田君とヨリ子さんは大好きな先輩夫婦ですから、そんなことにはなりませんでした。このシャブ初体験は、女の初体験とは異なり、忘れられない、何とも心地よい余韻を残しました（読者の方は決してマネしないで下さいね。このほち読んで頂いたらわかりますが、覚せい剤は人生をボロボロにします。人格すらも変わり、その名の通り人間の悪い面を覚醒させるのです。あとで後悔しても、過ぎ去った日々、失ったものは、取り返しがつきません）。

# ② 生活の中心にはシャブがあった

## 山田君からの詫び状

しかし、シャブは時間とともに効果が消えてしまいます。その時はためらわずに「ちょうだい」言うてました。

山田君は、いつもタダで分けてくれました。

山田君とヨリ子さん夫婦は、決して経済的に恵まれていたわけではなかったのです。特にヨリ子さんは孤児院の出身でしたから、小さい時から不遇の身の上だったのですね。

彼らは結婚してから、文化住宅[16]といいますか、トイレも共同の家に住んでいました。ですから、アジトにしていた山田君夫婦の家に行くときは、長年（私が中学時代から）、万引きした漫画本とか（ヨリ子さんは漫画本が大好きでした）、たらし込んだアガリ（収入）やブランド品などをあげてたのですね。つまり、お互いさま。助け合う仲間の関係ができていたのです。そういうのをバッテン先生の世界の言葉では街角家族と言うんですか。まあ、そんなもんかもしれませんね。

後年、強盗殺人で無期を食らっていた山田君が、「あの時、おれがシャブ教えたんは悪かった。ごめんな」と、手紙でお詫びを言ってきました（山田君は、たまたま空き巣に入った家で、住人と鉢合わせしたからハズミで刺してしまい、殺してしまったのだそうです。ハズミとは恐ろしいものです。山田君は人を殺す悪人ではありませんでした）。

私は自分の意思でシャブをやっていたんですから「そんなん、気にせんで。好きでハマったんやから」と返事しました。

この時分、シャブに金を掛けたことがなかったので、後年、金でシャブを買うようになった時、「なして『ただの白い粉末』に金が要るの」と、不思議に思ったものでした。

## ヤクザは優しかった

スナックは3か月ほどで辞めました。18歳の年です。別に働きたいという気も起きませんでしたから、親の金で飲み歩いていました。難波のディスコ「クゥー」や、近場でいうと住《すみの》道《どう》[17]、赤井の交差点にあったディスコ「ムラマツ」……思い出すと、懐かしい気持ちになりま

16　近畿地方における集合住宅の一呼称。昭和中期の高度経済成長期に使われ始めた用語で、主として当時に建てられた木造モルタル2階建てで、1-2階の繋がったメゾネット・スタイルの住居、あるいは各階に長屋状に住戸が並んだ風呂なしアパートを指す。単に「文化」と略称されることもある。この種の住宅が「文化住宅」と呼ばれたのは、それまでの長屋や下宿屋など集合住宅の多くが便所や台所を共用としていたのに対し、これらの設備を各住戸に独立して配置したことから、従来の集合住宅よりも「文化的」という理由である。ただし、本文中の山田夫妻が住んでいた住居は、便所が共同であったことから、初期型の文化住宅とみられる。

17　大阪府大東市住道のこと。大東市役所は住道が最寄駅である。

す。

この「ムラマツ」は、ヤクザが経営するオールナイトのディスコでした。ここには、田舎出の家出少年少女が集っていましたから、一緒に楽しく遊びました。ヤクザの兄さんたちにも沢山の知り合いができました。ここで出会った兄貴分に憧れてヤクザに入る若い子もいました。私が知る限り、ヤクザは私のような子どもには優しかったですね。

マスターは馴染みでしたから、私に店番を頼んで用足しに行きます。女の家にでも行っていたのでしょう。ですから、それはもう、やりたい放題です。私は、その当時、族のリーダーやってた弟とその子分たち、幼い妹（当時3～4歳位ですか）を、派手に着飾らせて、連れて行っていました。妹には、ちゃんとソバージュさせて、シールのピアスさせていたのですよ。

しかし、ある日、「ムラマツ」を出入り禁止になってしまいました。マスターが惚れていた女――同じ中学校の生意気な後輩――をイワして、泣かしてしまったのです。きっとそのことが原因だったのでしょうね。マスターから「亜弓、もう来んといてくれ」言われた時は、少し寂しい思いをしました。

## 着の身着のままの逃避行

19歳の頃でしょうか、大東市[18]にあるスナックで働くことになりました。この店のチーフは、博多の中洲[19]で働いた経験のあるカズオという子でした（カズオに、散々自慢話を聞いていましたから、今でもバッテン先生の地元、博多の中洲には憧れていますよ）。彼はヤクザもやっていたのですが、なぜか気が合いました。

でも、2か月目位に、組織で下手打った（不始末をした）ようで身を隠すことになったのです。「一緒に来てくれんか」と言われましたので、何も考えずに即決で「うん」と応じ、一緒に鳥取の米子に飛びました。とりあえず、カズオの友人がやっているゲーム喫茶「ブルースカイ」に身を落ち着けました。

この土地には半年くらい居ましたが、ブルースカイと言うだけあって、青い空と海しかありません。反対には山があるだけです。ところ払い[20]にあったような毎日、ウンザリです。田舎やなあと嘆いていたら、父親から連絡があり「カズオ君の問題は、父さんがカタつけたか

18　大阪府北河内地域に位置する自治体のこと。

19　九州最大の歓楽街であり、大阪・北新地と並んで西日本一の歓楽街ともされる。また、東京の新宿・歌舞伎町、札幌・すすきのと合わせて日本3大歓楽街と称されることもある。中洲観光協会によると、中洲の店舗数は約3500軒（飲食店・風俗店など）、中洲で働く人の数は約3万人、1日に中洲に遊びに来る人は約6万人とされる。

20　ところ払いとは、もともと江戸時代の刑罰のこと。現在では、ヤクザ組織の掟に背いたり、抵触した組員への制裁・処分のひとつである。地域を限定した追放処分のこと。「関東ところ払い」などのように用いる。

ら、エンコ詰めとかせんでええ（指詰めしなくていい）。カズオ君と一緒に大阪に帰っておいで」ということでした。

着の身着のままの逃避行でしたから、帰るのは簡単です。とりあえず家に帰ると、父が、市役所の前のマンションを借りて待っていてくれました。早速、カズオと同棲しながら、野崎にある「トニーワン」というスナックで働きました。

やはり地元はいいものです。昔からの友人、その友人が紹介する新しい人たち。年齢も重ねていますから、知り合いになる人たちも幅が広がります。すると、どうしてもカズオに物足りなさを感じるようになりました。結局、同棲してから8か月位で、カズオとは別れてしまいました。

## シャブちょーだいや

シャブにハマったのは、そのスナックで働いていた時期です。父親と母親が遊びに通っていた雀荘のスタッフをしていたテルオさんに、シャブを分けてもらったのが切っ掛けです。

「シャブ持ってるんやったら、ちょーだいや」

「しゃーないな、少しだけやぞ、手を出せ」

そう言うて、手のひらに載せてくれます。シャブは、体温ですぐに溶けてしまいますから、「もったいな」言うて、トイレで紙に移していました。

でも、一回もらったらこっちのものです。また「ちょーだいや」攻撃を掛けます。「あかん」言われたら、「そんなら、もらったことポリに喋るで。いいんかいな、パクられんでー」とハッタリかけると、「少しだけやど」言うて分けてくれます。

こうして、シャブにはお金をかけていませんから、シャブ中のようにハーフとかグラムとかいう感覚がありません。欲しい時は、ニッコリしながら「ちょーだいや」で済むのですから。

テルオさんの彼女は、私の同級生です。マジメな子でしたけど、気がついたらポン中（覚せい剤中毒者）になっていました。

段々、深みにはまっていきますと、一回分のシャブでは足りなくなります。ついに、テルオさん以外の売人から、自分で金を払ってシャブを買うようになっていました。

## ロマンスグレーの親分さん

雀荘の裏に質屋がありましたから、お母さんがくれた指輪、お父さんがくれたネックレスを質草にお金を作り、シャブ代にあてました。数回、この質屋に通っていますと、テルオさんの組の親分に見つかりました。

「みっともないなあ、若い娘が質屋通いしてからに」と言いながら、札束を出して手渡し、「入れたもん、出してきなさい」と言います。

結局、このお金もシャブに消えました。ポン中に情けを掛けても、所詮、焼け石に水なのです。

　この親分さんと姐さんからは、実の娘みたいに、可愛がってもらいました。十日戎[21]や、オカマバー「ベティのマヨネーズ」[22]などにも連れて行ってもらいました（親分さんはオカマの身体張ったギャグが好きみたいでした）。あとは、だいたい香里《こうり》新地《しんち》[23]が多かったですね。大阪には北新地、今里新地（茂代さんのお母さん、ビッグママのシマ）、香里新地などがあります。この香里新地は、規模は小さく、ネオンの数では劣りますが、ワルのアジトともいえる場所でした。男や女関係なく、未成年を使うところでした。「オズの魔法使い」という小規模なオカマのバーや、ホストクラブもありました。

　この親分さんは、ナリは格好良く、羽振りもセコいところがなく、細かいことをグチグチ言わない人でした。若い私たちからすると、ロマンスグレーの紳士なヤクザに見えました。この頃になると、いろんなヤクザを見てきていますから、多少なりとも人物眼ができてきます。この親分さんは、いま思い返してみても昭和の任侠映画の登場人物みたいな方でした。

　姐さんも素敵な女性でした。これぞヤクザの嫁やいう感じでした。いつも黙って親分の後から付き添う感じです。間違ってても「ナメとったらあかんぞ」とか、直ぐに大声出すタイプではありません。この姐さん見て、大声出す人は格好悪いと思うようになりました。ヤクザの社会でも上品が良いですよね。

この親分さんから連れて行ってもらった場所で、もっとも印象に残っているのが「北斗七星」というスナックと、そこで働く女の子たちでした。

このスナックは曰《いわ》くがあり、ここで働く人たちは、みな旦那が懲役に行っているということでした。広いお店で10人ほど女の子が居たでしょうか。ママとも親しくなり、いろいろなことを教えて貰いました。働いている子は、柄の悪い女、下品な女、女を武器にしている女と多様な個性がありましたが、さすがにママをはじめトップ3は、惚れぼれするような素晴らしい姐さんたちでした。ガキなりに憧れをもったことを覚えています。

## 「怒らん大人は知能が低いんや」

「親分さんは、なんで私のようなジャリを連れて歩くんかいな」というのが疑問でした。確かに、当時、私がツレていたオナベは面白く、よく親分さんの笑いをとっていました。でも、それだけではなかったようです。シャブのこと、知られてましたから。「誰にもらったんや、

21　大阪市浪速区恵美須西1丁目にある今宮戎神社にて行われる祭り。今宮戎神社は大阪の商業を護る神社として崇められ、1月9日、10日、11日の3日間の祭礼では、約100万人の参詣者が集まるといわれる。
22　大阪市中央区東心斎橋のビルにある老舗のゲイバーのこと。
23　大阪府寝屋川市香里にある飲食店街のこと。近郊の人は香里園と呼ぶ。

若い子がこんなもんしたらあかんやんか」と詰問されました。

私はジャリですが、テルオさんの名前を出したらエライことになるというくらいの分別はありました。私のような子どもにシャブの味を教えたことがバレたら、小指が短くなっていたでしょう。ですから「ナンパされた男にもらったんです」と答えておきました。すると、真面目な顔になり、親分さんはこう諭しました。

「あんたの年では、自分のことを怒る人はうっとうしいと思うやろ。でも、怒らん大人は知能が低いんや、怒ってくれる大人は、あんたのことを大事にしてくれる人や。そういう人を大事にしなさい。いくら先輩いうたかて、一緒に遊んでいるようでは、あかんたれや」

——確かに、いい歳こいてるのに、こないなジャリに言い寄って、遊んで喜んでる大人は知能低いかも……。

「喧嘩しても、モメても、勝った方が強いんやない時もある。謝るのが強い場合もあるんやぞ。『ごめんね』『すいません』て先に言う方が立派な時もある。勇気いることやしの」

——いつも相手を負かしてきたけど、相手立てなあかん時もあるな。そっちの方が周りに尊敬されることもあるかも……。

20歳ではじめて真面目に大人から諭されました（親分さんは、少し前かがみになって、低い声でこんこんと説くように話しました）。この親分さんの言葉は、心にしみた気がしました。おそらく、いろんな場所に連れて行ってくれたんは、私に社会を見せてくれていたんやと思います。「世の中とはこんなところやぞ」「こないな女になるなよ」とね。

百聞は一見にしかずといいます。頭ではわかっていても、私の周りは変わりません。まあ、この頃は、自分の対人観察眼を過信していましたので、この男は遊び用、この男は車用とか、線引きをしていたようです。

でも、結婚するならリーマン……有名大卒、ちゃんと就職している人位しか考えられませんでした。ですが、私も成人で年頃です。周りの子らも結婚していきます。女の幸せを自分なりにあれこれ考えるようになっていたのですが――。

# ③

# 初めての逮捕と初めての結婚

## ビールは身を助ける

四條畷警察署に逮捕されたのは20歳の時でした。これだけ悪いことしてきた私ですが、被疑者として初の逮捕です。もちろん、鑑別所や少年院も行ったことありませんでした。

シャブの使用を知人にチンコロ[24]されたのです。当然のことながら、婦人警官に尿検査をされます。「あかん、(陽性反応が)出るやろうな」と観念しましたが、結果はマイナスの陰性反応。警察署から帰る道で、チンコロした女の家に行きました。冷静に経緯《いきさつ》を聞きますと、旦那の手前、仕方ない状況だったといいます。相棒の選択を誤った私の責任もあり、聞いた話も納得できましたから、特に彼女を責めることはしませんでした。

同じ年に、傷害事件でもう一遍、四條畷警察のご厄介になりました。これは、全身傷だらけで帰った私に仰天して、母親が通報したからです。今度もシャブをやっていましたから、さすがに観念して、お泊り覚悟の洗面道具持参で出頭したところ、またもやマイナス反応。

当時の検査の質が悪かったこともあるのでしょうが、これは、私のビール好きが幸いしたのだと思います。一度に缶ビールを5、6本位飲みますから、頻繁にトイレに行きます。シャブも流れてしまうのでしょうね。

当時は、髪の毛とか調べるほど、技術が進歩していないことが幸いしました。仲間も「水を2リットル飲んで検査受けたら消えんで」と言うていましたから。

## 嵐の前の静けさ

1年の間に2回も警察にご厄介になりますと、さすがに大人しくしておこうという気になります。しばらく、実家で大人しくしていました。遊び疲れたこともあります。しかし、この時のブランクは、後で思い返すと「嵐の前の静けさ」ともいうべき時期でした。

24歳の時、知り合いと飲みに行った時に、先輩を紹介されました。6歳年上の人でサトル君といい、中距離トラックの運転手をしていました。とても優しい男性で、声を荒らげるところを見たことがありません。妹らもすぐに懐いていました。

一番喜んだのは両親です。これで私が落ち着いてくれると思ったのでしょう。父親が、さっそく式を挙げろって言いまして、4回もお色直しする盛大な結婚式をしてくれました（憧れの紫色のウエディングドレス。そして白のチマチョゴリ、淡いピンクのチョゴリ、白無垢の着物）。

今まで、料理とか家事をしたことがない私は、事前ではなく事後花嫁修業をしなくてはいけません。母親に料理の仕方を一生懸命習いました。新郎が大好きな、から揚げひとつ作れないのですから。「このまま、平穏に年を重ねるんかいな」などと思っていましたが、世間

24　告げ口、密告のこと。

はそれほど単純ではありませんでした。

まず、同じ地域の女が妬んだのでしょうか、旦那に「実はな、あんたの奥さんはとてつもなく悪い女や」と、変な空気入れられました。[25] それで見限られたわけではなく、驚いたことに、旦那も悪くなろうと努力したようです。

そして、何か家庭内の空気が変わった気がしました。責任の一端は私にあります。友人たちを呼んで屯させ、コイコイ（花札）やチンチロ（サイコロ賭博のことで、チンチロリンともいう）などをしていたからです。

次に、これは自業自得なのですが、私が風邪をこじらせ、かなりシンドイ時がありました。よせばいいのに、家に見舞いに来ていた友人に、「一発ちょうだい」とおねだりしました。すると効果てきめん、あれほどシンドかった風邪が、一瞬で飛んでしまいました。以来、またシャブ漬の毎日に逆戻りです。

一番応えたのが、旦那の変貌です。ある日、中新開（東大阪市）のゲーム屋に行って朝帰りした時、私に腕を見せて言いました。「お前もやってんのやろ、おれもやったわ。これでお前と同じやぞ」と。自分のこと棚に上げて身勝手な女と思うかもしれませんが、私は幻滅しました。マジメな人やった夫が変わっていく。それもこんなに短期間に。旦那にシャブを教えたんは、花札仲間でした。

## 哀しきヒットマン

その頃、しばらくの間、関東に行くことになりました。きっかけになった出来事がありました。もともとは仲良しだった佐々木さんという男性が関東の人にランボルギーニ・カウンタックを650万円で売るからというので、ドライブがてら一緒に行くことになったのです。ところが、その客からドタキャンされました。入るはずのお金のあてが外れたからでしょうか、佐々木さんは、ほかの脈がありそうな人をスグにあたり、結局、品川に向かいました。この佐々木さんは、ランボルギーニ・カウンタックやフェラーリ、ロールスロイスなど、錚々たる高級車を乗り回している裕福な人でした。会社をしているようには見えませんが、金回りが恐ろしく良かったことを不思議に思っていました。

10代のころ以来、久しぶりに関東の空気を満喫して（住んでいたころとは大違いで、この時は大尽旅行でした）大阪に戻った数日後、事件がありました。後輩がシャブでパクられたのです。

ポン中は、自分が気持ちいいものですから、他人に勧めるのはイイことだと思う傾向があります。後輩は、ユカちゃんという自分の彼女に勧めました。

ところが、これが大間違いのもとでした。シャブが彼女の体質に合わなかったのか、量を

25　大抵は話題の対象となる人物の悪口（あること、ないことにかかわらず）を、第三者に吹き込むこと。

間違えたのか、トンで終い[26]、ユカちゃんは、ホテルの屋上に上って飛び降り騒ぎを起こしたのです。

結局、通報で駆け付けた警察官に説得されて、命に別状はなかったのですが、ヤバイことになりました。この後輩にシャブを出していたのは、私だったからです。すぐさま警察は、入手経路をたどり私の家（まだ主人とは離婚していませんでした）に来ました。

警察が家に来た時、主人が居て、「妻は数日帰ってきていない」と、とぼけたようです。で、実家に電話で知らせてくれました。

父がスグに車を出してくれて、私を佐々木さんの家に連れて行きました。佐々木さんは、即座に「とりあえず関東に行って（身を）かわそうか」と言ってくれ、慌ただしく大阪を離れました。幸せな結婚、安泰な生活になるはずだったチャンスは、この時、完全に失うことになったのです（結局、サトル君との結婚生活は1年位しか続いていません）。

東京では、品川のホテルパシフィック（当時）、高輪プリンスホテル（同）などを転々としました。それぞれの滞在期間は、だいたい1か月です。

高級ホテルにいるのだから楽しそうに思われるかもしれませんが、当惑したことも度々です。まず、佐々木さんは結構外出しますし、シノギの時は数日、部屋を空けるのです。食卓の椅子が8つもあるようなスイートの部屋に一人きりで居ると、テレビだけでは退屈します。

しかも、佐々木さんは居れば居たで夜中にひどくうなされ、全身に冷や汗をかいて叫び声と共に目を覚ますのです。ある時、シノギから帰ってきて数千万入った封筒を無造作にテーブルに放った佐々木さんの懐――背広の内側にリボルバー拳銃が見えました。ちょうど『あぶない刑事』[27]のような革のホルスターに収まった、見るからに恐ろしげな拳銃です。

「佐々木さん、あんた何でこないな大金稼いでんのん。シノギって何」

と聞きましたら、目も合わせず、こともなげに「人殺しや」と言います。つまり彼の職業は、プロのヒットマン（殺し屋）だと思いました。それでナルホドと合点がゆきました。どのような人間でも、人を殺すと平常心ではいられないのですね。夜中の絶叫の理由がわかりました。

何人を天国に送ったかわかりませんが、高級車を乗り回して、高級ホテルのスイートに居続け、銀座でダイヤ巻きのロレックスを買ってくれ、毎日ホテルのレストランや有名フレンチで食事をしても何ら痛痒を感じないほどの大金を稼いでいました。

一度仕事に行ったら1週間以上帰ってこないのです。そこで、私は街に出て行っては覚せい剤を調達してきます（佐々木さんから、一人で街に出るなと固く釘を刺されていましたが、

26　覚せい剤の効果で、一時的に正常な判断が出来なくなること。この場合は、気が大きくなっている。
27　1986年10月から1987年9月にかけて日本テレビ系列で放送された刑事ものの連続テレビドラマ。主演の刑事コンビは、舘ひろしと柴田恭兵が演じた。

孤独に耐えられませんでした）。

## 東京でのシャブパーティ

五反田にあったホストクラブに行った時、そこで働くブラジル人ハーフの兄弟と仲が良くなりました。「品物[28]持ってる?」と聞くと、「あるよ」というので、彼らから買うようになり、不自由はしません。電話かけるとバイクで届けてくれます。まあ、ピザの宅配のような感覚でした。

はじめは一人で覚せい剤をやっていましたが、これが危険なことやないかと思うようになった出来事があります。

はじめての経験でしたが、覚せい剤を（体内に）入れた直後、スローモーションのように手が段々土色になりはじめました。心臓がドキドキします。「うわっ、私、死にかけよう」と思い、とっさにフロントに電話して「すいません、『救心』ありますか」と尋ねました。かなりボラれましたが、ルームサービスされた「救心」のおかげで事なきを得ました。

このことがあって以降、ホストクラブで知り合った女子を誘って「シャブパーティ」する時しか、覚せい剤は嗜まないことにしました。私が佐々木さんから買ってもらった貴金属などを与えたので、彼女たちは何でもしてくれます。私はモノに対する執着がなく、また、佐々木さんのお金で買ってもらった様々な高級品は、死んだ人の「念」が絡んでいるような気がして、あまり身に着けたいとは思わなかったのです。

佐々木さんの悪夢と夜中の絶叫は、段々激しくなってきました。深夜に目覚めて、息を荒らげながら暗闇でブルブル震えている人が横に居る情景を想像してみてください。

さすがの私も怖くなり、一人で大阪の実家に帰ってきました。キップがまわって[29]いましたが、その時は、捕まっても構わないと思うようになっていたのです。私は25歳になっていました。

28　覚せい剤の隠語。

29　逮捕状が出ていること。

# ④ 自動車窃盗のABC

## ギャングの女に

ポン中ほど、どうしょうもない人間はいません。芸能人でも田代まさしなど、覚せい剤の再犯で捕まる人が後を絶たないのも、ツネポン[30]経験者として頷けます。

かつてシャブで有罪を受けた、タレント・酒井法子の元夫の高相祐一が、危険ドラッグで3回目にパクられたとき、「暇になったら、（クスリを）やってしまう」と、コメントしていましたが、当時の私も同様でした。シャブでキップがまわっているのに、それでも懲りずにシャブを欲するのです。

当時、大阪では足が付く恐れがあるので、京都の山科に品物を引き（仕入れ）に行っていた売人を通じ、カッちゃんという売り子と出会いました。やがて、彼の後輩、森田君と交際をはじめ、ともにポン中生活を始めました。

森田君は二つの顔を持っていました。ひとつはシャブの売り子、もうひとつは洛北会という車の窃盗団（ギャング）です。25歳から30代にかけて車窃盗にはまったのは、この森田君に手ほどきを受けたからです。男としての根性は三流でしたが、車両窃盗の腕は一流でした。

京都市内は狭い街ですが、連日、１００キロ以上もバイ（覚せい剤の販売）のために走りました。老若男女、シャブを欲しがるお客がいかに多いか、読者の皆さんが知ったらビックリなさるでしょう。

## 初めての執行猶予判決

私が26歳のある日、森田君と京田辺[31]あたりをＧＴ－Ｒ[32]で走っていると、パトカーに追跡されました。時間とともにパトカーの数も増え、３、４台もいたでしょうか、追跡されながら、「うわっ、『西部警察』[33]みたいやわあ」と、アホな連想したことを思い出します。

さらに、ヘリコプターまでが追跡に参戦しました。街中ならいざ知らず、京田辺のような田舎道では、上空からの遮蔽物がありません。

結局、道路のドンツキに追い詰められた私たちは、車を捨て、近くにあった会社まで走り込みました。私は、建物の中で「御用」になりましたが、森田君は、会社のライトバンの下から、２人の警察官に両足を取られながら引きずり出されていました。

30　常に覚せい剤を摂取する者、常習者をツネポンという。一方、たまにしか摂取しない者はタマポンという。

31　京都府南部にある自治体。大阪府・奈良県との府県境近くに位置する。

32　スカイラインＧＴ－Ｒのこと。この車は、かつて日産自動車がスカイラインの最上級グレードとして生産・販売を行っていたスポーツカーであり、若者に人気があった。

33　１９７９年10月から１９８４年10月にかけてテレビ朝日系列で全３シリーズが放送されたテレビ朝日・石原プロモーション制作の、刑事もののテレビドラマ。

観念して会社の外に出ますと、刑事が手帳を見せながら、寄ってきました。そのまま田辺署に連行されました。

とりあえずは一息つけると思いましたが、直ぐに別の刑事がきて「お前が朴亜弓か、お前に守口でキップが出ているぞ」と言いました。座る間もなく、パトカーでサイレン鳴らしながら守口署に連行されるはめになりました。

実はこの車内で、かなり焦っていたことがあります。ブラジャーの中に、シャブと注射器を入れていたのです（なんと注射器は激しい逃走劇の間にキャップが割れて、針が胸の皮膚を縫っていました）。

「すいません、気分が悪いんです。病院、寄ってください」

「守口まで我慢しろ」

「いえ、もう……ダメです」

と、役者になり、かなり具合悪いフェイクしましたね。

そんなやり取りをして、ようやく病院に連れて行ってくれました。おそらく、私が女だったから、言うことを聞いてくれたのやないかと思います。男やったら守口署直行だったでしょう。

病院に着くと、いかにも嘔吐しそうな素振りを見せて、トイレに駆け込みました。そこで、早速、ブラのポケット（パッドを入れるところ）に入れていたシャブと、ポンプ（注射器）

をトイレに流し、処分しました。

お医者は私を診察して、おそらく極度の緊張でノボセたんじゃないかというような月並み診断をしたようで、予定通り守口警察署に移送されました。休む間もなく、お決まりの取り調べを受けました。

容疑は、例のホテルの屋上に上って飛び降り騒ぎになったユカちゃんへの覚せい剤譲渡の件です。この件は、私が直接渡していなかったので不起訴となりました。

ですが、尿検査されて陽性が出ましたから、覚せい剤の使用については起訴されることになりました。私は、

「シャブやってる森田君とキスしたから唾液で陽性反応がでたのやないですか」

と、取り調べ担当官にシラを切り続けました。

この時は、GT-Rの窃盗についても問われ、再び田辺署に送り返されました。この逮捕では、覚せい剤譲渡・使用、GT-Rの窃盗と、一件20日×3件＋48時間留置され、相当にキツイ取り調べを受けましたが、私は、必死で黙秘を続けました。ウタっても（正直に供述しても）、黙っていても結果が変わらんなら、下手に喋らない方がいいと考えたからです。いうたら警察官との根比べです。

この事件では、公判がありますから、初めて大阪拘置所（大拘）に送られました。大拘には夏の時分に移送されて寒くなるまで滞在した記憶があります。

結果、ユカちゃんへの覚せい剤譲渡は免れましたが、覚せい剤の使用と車両の窃盗で、検察の求刑は懲役[34]4年でした。しかし、初犯ということもあり、懲役1年2か月に執行猶予が付きました。

## 「まあ、女では無理やわ」

お母ちゃんが大阪拘置所の前で待っていてくれました。

「あんた、いい加減懲りたでしょう。もう、マジメになりなさい」

母の目には涙がありました。その足で、鶴橋の焼肉を食べに行ったことは覚えています。家に帰ってから、ケーキもホールで食べました。

実家に帰った私に、「おまえ、よう帰ってこれたなあ」と、知り合いの誰もが驚きました。私も、今回はかなり危ない綱渡りやったなあと思いましたが、結局、黙秘したことが功を奏したのだと気をよくしました（以降、この手を多用しましたし、さらに黙秘のテクニックも磨きをかけました）。

それよりも、長時間の拘禁と、取り調べで緊張した反動からでしょうか、シャブがしたくてたまりません。お母ちゃんには悪いと思いましたが、ポン中は、どうしようもないと、つくづく自分に愛想が尽きました。逮捕や辛かった拘置の痛手が喉元を過ぎる間もなく、すぐシャブ屋に電話しました。

この当時、25歳前後の頃、覚せい剤のせいだと思いますが、かなり記憶が飛んでいます。ただ、覚えていることは、ある技術の向上に寝食を忘れて取り組んだことです（その異常なまでの集中力は、おそらくシャブのお陰です）。森田君に車の窃盗の腕を磨きたいと切望したのです。

以前、「まあ、女では無理やわ」と言われたことが、心の奥底に不満となってくすぶっていました。それと、車を盗むことが面白いと興味をもったこともあります。ゲームを攻略するような感覚でしょうか。

生まれて初めて、何かの専門技術を身に付けたいと考えたわけですが、それが車の窃盗技術とは、あまりに悲しすぎますよね。高校の家政科では習いませんでしたから。

## 自動車窃盗講座上級編

車の窃盗で、せっかちに車体に傷をつけるようなことをするのは、アマチュアです。いかにキレイに車を盗むか、素早く犯行を行うかというスキルが問われます。

---

34　刑法に規定された刑事罰のひとつ。自由を拘束する自由刑に労働刑が加わった刑罰。懲役刑受刑者は、刑務所に収容され一定の作業に従事することが義務付けられている。労働に対して恩恵的な報奨金は支払われるが、対価としての賃金は支払われない。

アメリカ映画に『60セカンズ』という作品[35]がありましたが、あれは空想の世界ではありませんでした。

もっとも、熟練した後も、さすがに60秒で盗むことは無理でしたが、数分あれば盗むことができるようになりました。その際、こそこそせずに、堂々と停めてある車に乗り込んで仕事をしていました。

ごく稀に、持ち主が帰ってくることがあります。そこは、慌てず騒がずに、

「あんたに話があったんや。寒いから車の中で待たしてもろうたで。あんたなあ、うちのかわいい妹をキズモノにして、ただで済むと思うてたんか。今日はオトシマエつけてもらうまで帰らんからな」

とか、言いがかりをつけます。むろん相手は初対面ですし、何の罪もない、いわば窃盗の被害者です。だいたい怪訝な顔から、当惑顔に変わります。しかし、そこは鉄の心臓で脅しつけます。

相手は「いや、あんた人違いや……」とか「何の話かわからん」とか、一生懸命弁解します。私は、頃合いをみて、

「そうか、悪かったな。どうもホントに人違いみたいや」

と、堂々と立ち去っていました。犯罪者も役者やないとできません。

車を盗むには、まず、車のドアを開けなくてはいけません。しかし、当時すでに盗難アラ

ームが登場していましたから、ド素人はこの大音量のアラームで逃げ腰になります。その対策を調べるため私は、オートバックスや車屋に出向き、サービスマンやメカニックに「この車を買いたいのですが、防犯設備はどうなっていますの。最近、物騒でしょう。ねえ……」とか、いい洋服を着て、金持ちのお嬢の声色を真似して細大漏らさず尋ねました。

その警報が音だけなのか、警察とか警備会社に通報されるものか、その見分け方や解除方法についてプロの講義を受けたわけです。その結果、大体のアラームは音だけということがわかりました。この音だけのダミーは、ちぎって川に放り込めば簡単にカタが付くのです。

次に、エンジンを掛けるためにキーシリンダーの構造を熟知しなくてはいけません。これも素人はドライバーであちこちコジりますから、鍵穴があるキーシリンダーの周囲（車のボディー）を傷つけます。これでは、停められた時に一発で盗難車とわかります。

しかし、コツさえつかめば、マイナスドライバー一本で簡単に（傷をつけることなく）シリンダーを外すことができます（キーシリンダーの下から5ミリ位のところにドライバーを差し込み、斜め上に2センチほど押し込みます。するとキレイに外れるのです）。

35　『60セカンズ』（Gone in Sixty Seconds）は、２０００年に公開されたアメリカ合衆国のカーアクション映画である。ドミニク・セナ監督。主演はニコラス・ケイジ、ヒロインをアンジェリーナ・ジョリーが演じた。「もちろん、私がニコラス・ケイジですよ」と主人公の亜弓姐さんの言。

私は、外したキーシリンダーを分解して、鍵の構造を研究しました。報酬を払って、知り合いの車泥棒からも教えてもらいました。

簡単に言いますと、当時の車の鍵を差し込むキーシリンダーには山が4つ（あるいは6つ）しかありませんでした。その山となるピンには、番号がそれぞれのピン自体に刻印されて振ってあります。そして、生鍵（まだ溝を彫っていない鍵）から車種に合うように作った加工鍵の番号は決まっています。たとえば、パジェロは3×●、日産は2●×と3×△、トヨタは3△●と3××、でした（現在は変わっていると思いますが、困ったことに今でも暗記しています）。

この山のピンが、鍵の凹みとぴったり合うと、鍵が回り、エンジンが掛かる仕組みです（生鍵をシリンダーに突っ込みますと、シリンダーからピンがデコボコとした山となって突出します。生鍵をヤスリで削ることにより、シリンダーから飛び出していたピン、つまり凸が削られた鍵の凹に収まります。すると鍵が回せるようになり、車のエンジンが始動します）。

さらに、鍵の左半分のデコボコはドア用のもの、右半分がエンジン用です。ですから、実際に車を盗む際は、とりあえず右半分を合わせると、車のエンジンを掛けることができるのです。ちなみに、ドアロックは、針金一本[36]で難なく解除していました。

あとは、安全なアジトに帰ってから左半分を加工することで、その車は売れる（鍵付）商品となるのです（現在は、イモビライザーが装備されたりと、かなりセキュリティが進化していますし、私の話は昔の車種のこととなりますから、マネしないでください）。

手下の男の子たちの中には、現場で車を盗まずに、一旦、シリンダーを抜いてアジトに持ち帰り、鍵を作って車を回収に行くという方法をとる子もいましたが、これは最悪です。車の異変に気付いた持ち主に通報されて、車を取りに行ったらポリが網を張っていたなどと、格好悪いことになりかねません。

車は現場で、素早く盗むことこそ、この稼業の鉄則なのです。

どうしたら、生鍵をヤスリで加工して、素早く山を合わせることができるのか頭を絞った結果、ビールの缶を、シリンダーのピンの大きさに合わせてハサミで切り取り、楔型（の小片）を作ってみました。

これを、シリンダーに生鍵を差し込んで山が合わずに飛び出したピンが見えるようにしてから、ピンの脇に入れますと、差し込んだ生鍵とこすれて微細な傷が付きます。それで山と山の間隔（ピッチ）がわかることに気づきました。そのピッチに沿って生鍵をヤスリで削ってみました。

---

36　針金で最適だったものは、公園などのフェンスの中央に入っている横芯。これをニッパーで切って加工、使用する。

何度か、シリンダーに出し入れしながら微調整しますと、シリンダーのピンが削った鍵の谷に一致してピッタリと収まるようになり、鍵がスムーズに回ります。「やったー。できたあ」と、思わず顔が綻びました。この時に味わった達成感は、今でも覚えています。

あとは、この感覚をいかに職人のレベルにまで引き上げることができるか……これは目寸（目で測ること）で、鍵山のピッチ感覚を鍛えることでクリアしました。慣れてくると、目寸での鍵加工に要する時間は2分程度になりました。

この後は、次第にテーブルの上ではなく、現場、すなわち車内の膝の上で迅速に鍵を合わせることができるようになりました。

最初の内、車の窃盗は夜間に行っていましたが、徐々に朝と昼間に行うようになっていきました。これには理由があります。それは、車の程度が、夜ではよくわからないからです。盗んでみたものの、キズや凹みが多くて商品にならない車もありました。その点、昼間なら車を細かくチェックできますし、たとえセキュリティ・アラームが鳴っても、余り警戒されません。何より、明るいとサクサク手際よく処理ができたからです。

## プロの仕事

車のビジネスを効率的に行うにあたり、兄弟分の銀次やコーちゃん、ゲーム屋で出会った同じニオイがする不良の子たちを集め（ある程度、篩にはかけました。自分がポン中だからわかりますが、あまりにいつも効き目[37]しているような子は、いけません）、実際に路上の車をいじってみたところ、少々、時間を要しましたが、うまく行きました。

そこで、これはいいシノギになると思いニンマリしました。アイデアにピンときたら即行動です。

私はホームセンターに行き、いかにも平然と行動しました。生鍵販売用のキャスター付きタワーごと店外に持ち出し、後部座席に放り込み（かなり重かったです）、様々な車の生鍵を大量にゲットしました。このような窃盗をあちこちで繰り返した結果、アジトが鍵だらけになりました。この生鍵は、遠方の注文にも応じて、通信販売した記憶があります。

私個人としては「シーマ・シーマの三代目」[38]が好きで、自分仕様では30台ほど盗みました。しかし、プレートを偽造しても、長期間乗るのはリスキーですし、カーピカ（洗車場）行くのが面倒でしたから、汚れたら車ごと消していました。

37　覚せい剤の摂取によって外見に表れる身体症状のこと。顎を歪ませる、口角が上がる、瞬きをしない、落ち着きがない（身体が揺れている）、鼻をすするなどの特徴がある。
38　日産自動車の高級セダンであるシーマには、この当時一代目、二代目、そして三代目があり、この三代目を、シーマ・シーマの三代目と呼んでいた。正面から見た時、ネコみたいな顔つきに見えるところが、亜弓姐さんのお気に入りであったそうである。

消し方としては、はじめの内は埠頭から海に捨てていましたが、港はアジトから遠いですし、誰かに目撃される危険もあります。そこで、私は一計を案じました。カーピカに行って、車のドアをすべて開放します。そうしておいて、石鹸液をホースで車内にぶちまけるのですね。それで指紋は消え、証拠は残りません（石鹸液に分解され、指紋の油脂は消え、流れ落ちてしまいます）。その後は放置してサヨウナラ。この方法は、実に大当たりでした（消火器で薬剤を撒く人が多いのですが、それでは、なかなか車内全体に行き渡りません）。

一般によく注文を受けたのは、セルシオ、アリスト、ランクル（ランドクルーザー）でした。これらの車の鍵は、他の国産車の「外ミゾ」とは異なり「内ミゾ」です。さらに、トヨタの高級車の例にもれず、スープラ系の車もシリンダーのピンが二つに割れるから難易度が高いといえます。セルシオも内ミゾなので、金属部分の四角の中のミゾに合わせてピンを埋めます。そのため、セルシオ用のピンが沢山必要になり、車ではなくピンだけ盗むことも多々ありました。この場合、鍵をピンに合わせてヤスリで削るのではなく、鍵に合わせてピンを埋める方法を採りました。

数種類のピンをひとつひとつシリンダーに差し込んで内ミゾの鍵に合うようにピンをセットするわけですから、完全に合わせるとなるととても面倒くさいのです。そこで、実際には2〜3か所だけピンを合わせて、残りのピンの部分は空洞にした鍵を作って販売しました（セルシオの鍵はトヨタ車には万能で、異なる車種の場合でもシリンダーのピンが合うようにヤスリで鍵を削る方法と、鍵に合わせてピンを埋める方法が可能でした）[39]。

１台の相場は30万円から50万円です。この金額差は、「天ぷらナンバー（この世に存在しない偽造番号）」でいいか、車の車検証が必要だという人のための書類偽造オプション料金も付くかの違いです（ニコイチ[40]なら50万から１００万円）。

車検証が欲しいという人のためには、他のセルシオに忍び込み、拝借した書類をコピーして偽造していました[41]（むろん、コピーした方を持ち主に返却しておき、原本を取引相手に渡

39　車を盗む時は、運転席のドアの内張をめくり上げてシリンダーを抜き、そのシリンダーに沿って鍵を合わせてしまう。面倒な時は、シリンダー内部のピンを１本にする。ピンさえ無ければ、スプーンの柄でも差すと開錠可能となる。もちろん、売り物にする際は、きちんとシリンダーにピンを埋めてセットしたものである。運転席のエンジン用シリンダーも同様、内ミゾの鍵自体にピンを合わせることでエンジン始動が可能となる。

40　偽造でないナンバーで車検証もセット。ニコイチとは、この世に２台同じ登録番号の車があること（本物の車検証は１台分であるが、他はコピーの車検証）。３台の場合（稀にしかない）はサンコイチという。

41　このナンバーは使えると思う（偽造しやすい）車と道ですれ違った際、その車の持ち主の車庫まで追跡して確認する。後日、当該車両のナンバープレートを外し、偽造したナンバープレートを取り付けた後、オリジナルは頂戴する。車検証も車内のものをコピーして、コピーしたものを戻しておくことで、プレートも車検証もオリジナルが入手できる。なお、高級車の場合は、「高級車検問」に掛かる恐れがある。高級車検問では、前方のプレートの裏側をチェックされるため、この盗んだオリジナルプレートを前方に取り付ける。

します）。この手数料が加算されているからです。いわゆる「有印公文書偽造の罪」がプラスされるリスクがありますから、少々のオプションでは安いくらいです。

もちろん、丁寧なプロの仕事を心掛ける私たちとしては、たとえば、シートベルトを目いっぱい引き出した時、その根元に付いている製造番号のタグまで、ちゃんと処理していました。さらに、ボンネット内にあるコーションプレート[42]も偽造して処理します。これは、東急ハンズなどの有名量販店で販売されている道具を使えば、容易にできました。

当時、自分達の仕事が完璧という自負がありました。ですから、地方で車をルパン（窃盗）した時は、トヨタ車ならトヨタの、日産車なら日産のサービス店に乗り付けます。「お宅の車、調子が悪い。自分で見るから場所貸して」と言いながら、ボンネットめくったり、バラしたり作業をした挙句、「直ったわ、ありがとう」と大胆不敵に退散していました。

堂々としていたら怪しまれないですし、自分達の腕にも自信がありました。店長が「申し訳ありません」と言いながら、コーヒーを持ってくる始末です。地方のアジトに辿り着くまでは、そんなことをテッパンでしていました。

お客さま第一主義の姿勢が広がったからでしょうか、いつの間にか業界の評価が高くなり「クスリは〇〇、クルマは朴」と言われるようになったのですね。

あと、鍵の複製が厄介な外車の場合は、二つの方法で盗みました。

まず「乗り逃げ」です。これは、狙った車を停めて、「すいません、ケガして血が止まらないのですが、ドラッグストアまで乗せてくれませんか」とお願いします。すると、親切なドライバーは（まあ、１００％親切な方でした）、近くのドラッグストアまで乗せて行ってくれます。そこで、「血止めと絆創膏をお願いします」と言いますと、買いに行ってくれますから、その隙に車を奪います。

つぎに「ハザードダッシュ」です。これは、よくコンビニの前とかにハザードを点けて、エンジンを切らずに停車している車を、そのまま頂戴する方法です。一度、スタートしたところ、後部座席に赤ちゃんが乗っていたので、かなり焦ったことがあります。その時は、ただ車を少し移動させただけにとどまり、ハザードを点灯したまま急いで退散しました。

42　当時ボンネットの中に貼られていた、約5×10センチほどのアルミ製プレート。アルファベットで始まる番号が振ってある。

# ⑤ ギャングの女首領になる

## ギャングの日常活動

さて、私が女首領[43]となった車両窃盗団――私はギャングと呼んでいました――の日常的な活動をお話ししましょう。ギャングをするには複数の人間が必要です。なんせ仕事が多いですから。当時、私たちは、ラブホテル（以下、ラブホ）を拠点にし、A、B、Cの3地点にアジトをもっていました。

中でも、主要な拠点は163（号線）沿いのC地点、仮に、「ニャンニャン」というラブホとしておきましょう。ここは、台湾人の金持ちのボンが、グループの社長であるオヤジ（関西では相当手広くホテル・ビジネスをしています）に命じられて、店長をしているラブホでした。

このボン店長との最初の出会いはこんな感じでした。

雨の降る日の夕方、ラブホの駐車場でナンバープレートを外していたら、店長が傘をさして出てきました。「どうしたんですか」と声を掛けてきます。私は「ヤバイ」と思いましたが、あわてず騒がず、困った顔しながら「プラスドライバーありますか。……車、プレート見てください、4番が外れてるからヤバイでしょう？　アロンアルフアで留めないとダメなので」と言いました。店長は、親切にも店に戻ってドライバーを持ってきてくれました。その一瞬の出会いでも、私は彼がシャブ中であることを見抜きました。

それから顔見知りになったある日、店長に呼び止められて「ちょっと、亜弓さん。注射器、トイレに流さんといて」と言われました。トイレが詰まるのだそうです。で、更に言うのです。「捨てるんやったら、もったいないから、頂戴」と。

以降、ラブホの部屋代はシャブで払って2階、3階を借り切り、いつでも引き払えるように、部屋にはスケルトンの衣装ケースなどを持ち込み、自分たちの家のようにしていました。もちろん、悪党はもちつもたれつです。「亜弓ちゃん、今日、従業員が風邪で休んで困ってるんよ」とか言われると、自発的に臨時従業員になったりしました。お客の部屋にカレーライスをよそってデリバリーに行ったり、客室の掃除をしたりとラブホ業務を手伝いました。

こうしたお陰で、従業員のオッチャンやオバチャンとも気安くなり、情報をくれるようになりました。たとえば、「今日はここにおったら寒いよ（警察が巡回にくる）」とかですね。

43　主人公の亜弓姐さんが、ギャングの女首領をしていた時の配下の人数は、数えられない程という。関西圏の数か所にアジトがあり、それぞれ若い衆が居たそうである。筆者の問いに「大体、50〜60人居たのではないか」と回想する。なお、女性の手下も2人ほど居たが、女性はいざという時に「足手まといになるから、配下にしたくなかったとのこと。

## 公園で木の実を拾うように

この仕事を組織的に行うには、先にも言いましたが複数の人間が必要です。私は、当時、入り浸っていた十三《じゅうそう》あたりのゲーム屋で、ブラブラしている若い子をスカウトしてきました。地方から家出してきて、帰る家がない子も半分くらい居たと記憶します。

そうした子らは、それぞれのアジトに常駐してもらい、プレートの加工[44]などの内職をしてもらいます。これは、私が直接、手取り足取り技術を伝授していました。シノギはめいめい得意なものを持っていましたから、いわゆる掛け持ちでした。

たとえば、金庫（金庫破り）とか事務所荒らし、覆面ギャング、ヒッター（ひったくり）、アッキー（空き巣）などですね。

事務所荒らしの子に聞いたのですが、裏口のドアの下の部分を安全靴で蹴破って侵入するとか、正面玄関からガラスを割って侵入して金庫ごと頂くなど……若い子特有のあまりスマートではない荒っぽい仕事でした。

まあ、この当時は馬鹿な遊びもしました。特に思い出深いのは、盗んだアリストにパトランプ（赤色回転灯）を付けて走ったりしたことです。交通規則を守らずに公道を疾走できるので痛快です。不思議と警察に追われたことはありませんでした。

後日、〝大学〟で「最近は、府警もシャレとんな。金髪の婦人警官がアリストの覆面で巡回してんで」と耳にしたことがあり、少し笑えました。

あと面白かったのは、車を盗んだのはいいのですが、調べたら車内に無線をはじめ、（本物の）警察用三段警棒とか逮捕術の教本（非売品）があったりして慌てたことがありましたっけ。

のちに逮捕された時の取り調べで、「盗んだ教本や警棒を返せ」と言われました。「そないなもの、持ってたら物騒ですから捨てましたわ」と返しましたが、ホントは、有効活用するであろう知り合いにあげていました。教本も警棒も、ご丁寧に持ち主の名前が書いてありましたから、警察も面目なかったのでしょう。

「公園で木の実を拾うような感覚で、毎日、車泥棒をするという」――そんな生活を順風満帆で送っていたギャングの日々でした。

---

44　ナンバープレートを切り貼りし、「・」の部分を「1」に変えたり、「大阪301」を「大阪300」に加工したりすること。プレートの切り口を目立たなくするために、加工箇所をヤスリで削ぎ、マーカーで色を塗る（ナンバープレートは、県により若干緑の色や、ハイフンの長さが異なる）。接着剤で張り合わせた後、浮き上がってこないように、新聞紙にくるんだナンバープレートを車のタイヤで一晩押しておくなどの処置を施す。これらのプレートは、運輸支局に登録されていない「架空の」ナンバーである。この加工は、手先の器用さに加え、熟練を要するとのこと。

## 1億円強奪事件のトバッチリ

ついに逮捕され、はじめて赤落ち[45]まで経験することになった格好悪い事件をお話ししましょう。私が27歳の時です。

この時は、ちょうど四條畷で1億円強奪事件が起きたタイミングでした。犯人は犯行に使用した盗難車をご丁寧にも炎上させて証拠を消したものです。この暴挙にアタマにきた府警は、ここぞとばかりに地元窃盗団の一斉検挙に乗り出しました。その時、私たちは、その網にあっさりと引っ掛かり、桜ノ宮ホテル街にある「ロンシャン」というホテルで捕まりました。

この日、中新開のゲーム屋から帰り、ホテルに戻ると、駐車場に停めていたシーマ・シーマの三代目（黒）のドアロックが全て解除され、窓ガラスが4つとも下げられていました。いくらシャブを嗜んでボケていたとしても、そんなことをした覚えはありません。

どうしょうかと思案していますと、ツレのひとりが「姐さん、悪い予感がしますね、こら、そこらでヒネ[46]が張ってまっせ」と言います。しかし、あたりには誰もいません。「あんた、なにオカシなこと言うてん。大事なもの載ってるし……」とか言いながら車に近づき、ドアに手をかけた刹那、出てくるわ、出てくるわ、そこいら中の物陰から警官がバタバタと走ってきました。

「何やの、あんたら」と抗議したものの、紺ずくめの服装をした、必死パッチ[47]の怖い顔をした警官たちは、私ともみ合い、終いには私を抱えて、裏手に停めてあった警察車両に引きずりこみました。あっさり御用になった私は、四條畷署に連行されたのでした。

四條畷署に連れて行かれ、1億円事件の詳細を知りました。この犯人も、犯行には盗難車両を使用していたと聞きました。取調室に来た刑事は鍵とヤスリ（私が所持していたもの）を、取調机に投げ出し言いました。「お前、ちょっとそれ削ってみい」と。

錠前師の実演をした後で、1億円強奪犯人が使用していた鍵を見せられました。断面を子細に観察した私は「私のは半丸ヤスリですけど、これは三角ヤスリで削っていますから、断面が明らかに違う。私ら関係ないですよ」と、プロとしての見地から専門的なアドバイスをしました。

すると、その刑事はニヤッと笑って「うちの専門家も、断面からヤスリの種類が違う言いよる。お前はなかなか素晴らしい」と言いましたが、ご褒美もなく、そのまま薄暗い不潔な独房に放り込まれました。

---

45　刑の確定により、刑務所に収容されること。かつては赤い囚人服を着せられたことから「赤落ち」といわれるという説がある。
46　警察官のこと。ほかにデコ、ポリなどとも呼ばれる。いずれも犯罪者が用いる警察官や刑事の蔑称。
47　ものすごく必死になっているさま。

## 車を76台窃盗して赤落ち

逮捕されたのは平成10年6月26日の蒸し暑い日でした。この逮捕では、過去のいろいろな悪事がメクレて[48]、東淀川警察署に移送されました。結局、逮捕の日から半年間も留置されました。拘置所で年も越しました。

幸い、この署の担当者が優しい人たちでしたから、いろいろと融通はきかせてくれて、居心地は悪くありませんでした（19時を廻ってから、たまにタバコを吸わせてもらったりしていましたしね）。父母も面会に来てくれていましたので、身の回りの品も不自由しなかったと記憶しています。

この時の取り調べでは、うそ発見器（ポリグラフ）も使用されました。私は、檻の中で暇でしたから、ポリグラフを騙す方法をいろいろと考えてみました。以前、知人に、心の中で関係ないことを考えていたら反応しないと聞いていましたから、私は、とりあえず心の中で歌謡曲を思いっきり歌ってみました。歌とは、たとえば当時流行っていた大黒摩季やらＭＩＳＩＡでしたね。

後日、担当刑事に聞いたことですが、声に出さない独唱の効果があったようで、ポリグラフのデータは意味わからないものだったそうです。結果、それは証拠としては不採用になったとのことでした。

その他の尋問には、役者顔負けの悲しげな小さい声で「悲しい出来事が重なったものですから、最近、安定剤をかなり服用していましたので覚えていません。思い出せません……」を連発して対応しました。

過去の事件が複数メクレていますから、これがなかなか大変です。一件パイする（証拠が出ずに、処分保留になり釈放されること）のに20日かかります。そうこうしている内に（たしか4か月後くらいですか）、当局も、ようやく私が1億円強奪事件の犯人とは違うと考えたようです。刑事から「盗犯はおれら一課の担当[49]と違うから退くわ」と言われました。

この時は本格的な逮捕、取り調べでした。初夏の6月後半に逮捕されてから、12月15日まで、東淀川署の独居房に留置された記憶があります。その後、大阪拘置所に移送されました。

裁判はすでに始まっていましたが、私は傷だらけでした（はじめの内、公判には留置場から通っていました）。それを不審に思った大拘の女区長（女子拘置区の責任者）が「おまえ、その傷どないしたんや」と問いますから、「金網と喧嘩したんや」と言いますと、「朴には凶暴性があるから気をつけなあかん」という評判が広がったようです（実は、傷の大半は、自

48　だんだんと嘘がバレること。隠していたことが露わになるさま。九州地方では「ホゲる」ともいう。
49　捜査一課とは、都道府県の警察本部に設置され、殺人、強盗、暴行、傷害、誘拐、性犯罪、放火など、強行犯の捜査を担当する。この場合は、本件が窃盗であるため、捜査三課の担当となる。

分の腕などにキスマークを重ねてつけることで偽造したものでした）。

しかし、１週間もすると雑居に移動でした。この大拘に拘置されている間に驚いたこと、それは私宛に来たものすごい数の手紙でした（安否を気遣う手紙、ファンレターと様々です）。普通、未決拘置期間はすることが無く退屈するものですが、私は「文通」――手紙の返事を書くという仕事がありましたから、手持無沙汰にならずに済みました。

この時は、あれやこれやの事件がメクレての逮捕です。結局、車を76台窃盗したことで起訴され、被害総額は１億円を超えると言われました（時効になった今だから言えますが、これは氷山の一角に過ぎません。見えていない車が、この３倍はあったと思います）。

76台の車を一度に盗んだわけではありません。ましてやシャブ常習者の私が容疑者です。まともな人でも「いつ、どこで、どのように盗んだか」いちいち覚えてはいられませんから、この時は「引き回し」[50]はなかったですね。

そうそう、この逮捕では、さらに悪いことに26歳の時の事件――京田辺でカーチェイスの末にパクられた際の「覚せい剤使用」などの執行猶予もとられましたから、いわゆる「弁当つき」[51]でした。本件で検察側求刑４年でしたが、２年８か月と、弁当の１年２か月を併せて、合計３年10か月の懲役の判決が出ました。私が28歳の年です。

この事件で、私が学んだことは、口で偉そうなことを言っても、イザとなれば我が身カワイイ奴が……女に罪を押し付けても自分が助かろうとする男が居るということでした。

なんと、この事件では、すべて私が主犯格となり、共犯であった金田君は「おれは車の中で寝ていた」と証言していました。結局、彼の「寝ていた」主張は検事には通用しませんでした。この件で、悪いことをするなら、パートナーは見極めんといかんわと反省し、以降は肝に銘じることにしました。

この金田という男は、当時の私の彼氏のような存在の人でした。彼は、私たちのシノギから「(地元の)ヤクザへの上納金や」と言い、月に70万円ほど抜いていました。残った中から、私が若い人たちのホテル代やら食事代、生活費を払っていたのです。私がこの事実を証言したから、量刑は私より1年重くなったと記憶します。

---



50　逮捕された被疑者本人を同行しての現場検証のこと。いわゆる引き当たり捜査。

51　本件の刑と併せて、執行猶予となっている前の事件の刑が執行されること。後者を指して「弁当」という。

# ⑥ 大学（刑務所）に入学

## 初入の日は1並び[52]

確か、平成11年1月11日の寒さが厳しい日。いよいよ刑務所に車で移送されることになりました。

その時、刑務所に送られる人は、私を含めて5名でした。護送の際は2〜3人ずつ荒縄でつながれます。私は腰の曲がった70歳過ぎたおばあさんとニコイチ（2人で一組）で繋がれました。護送担当が「おばばと一緒なら、お前も逃げれんやろう」と、その行き届いた心遣いを話してくれたものです。

私の場合、最初の赤落ちで、いわゆる「初入《しょにゅう》」といわれる立場です。一般的には、この時、いろいろと刑務所に関する想像をたくましくし、先々の刑務所生活のことを考えて、生きた心地もしないほど震え上がるのが常です。

しかし、私はというと「しゃあないな」という程度で全然怖くはありませんでした。それよりも「刑務所はどんなとこやろ」という好奇心が勝っていたように思います。あとは、「どのくらいドライブしたら刑務所着くんかいな」と、バス（護送車）の時計見たり、窓から見える山を、ボンヤリと眺めたりしていた記憶があります。

ただ、刑務所に入っている間、母には申し訳なかったと思います。度々の面会でフラフラになっていましたから。あと、妹が恋しかったので、度々手紙を書きましたね。

## 「どう見ても初入に見えんわ」

刑務所生活は、余り記憶に残るようなことがありませんでした。そこで起こることに一喜一憂していたら、それこそ身がもちません。

ただ、いえることは、私は、これまで喧嘩で負けたことがありませんでしたから、大学（刑務所のことをこのように表現することを知ったのはこの時でした）の中でも、態度は変えませんでした。

ですから、刑務所収監直後の観察工場[53]に入ったときに同僚に尋ねられる常套的な質問、「あんた、何年もってきたんね（何年の懲役刑なのか）」という問いには「何で、そんなことアンタに言わんといかんの」とイキがりフェイクでなく、普通に冷めた対応をしていました。

52　罰金や刑の執行猶予などの前歴がある者でも、初めて刑務所に入所するのが初入である。一方、初めて起訴された犯罪のことを初犯という。たとえ、過去に犯罪を重ねていても、逮捕され、起訴されることで初犯となる。ただし、再犯期間に5年以上の長期ブランクがある者は、「準初犯二入」として、刑務所では初犯に準じた扱いをする。

53　刑務所に入って最初の2週間ほどは観察工場に配置され適性が検討される。同時に、新たに入所した受刑者に対して、刑務所のしきたりや行動様式などのオリエンテーションも行われる。その後、受刑者たちは分類され各工場へ配役される。

累犯者からは親切にも「あんた、官にヤマ返したら損すんで」という忠告をもらいましたが、「なんで損するん」くらいの感覚しか持っていませんでした。

中に入ってみて、刑務官にへつらって進級しないと、手紙の発信や面会がすんなりできなかったり、甘いものを食べるチャンスである集会に出られないということから、「損をする」ということがわかりました。

私はタッパ（身の丈）も大きく、髪もショートカットでしたから、男らしく見えていたようです。実際、気持ちも男性的なところがありますから、刑務所女子特有のイジメや高齢者への配慮がない理不尽な振る舞いには、直ぐにカチンときてしまいます。

たとえば、部屋（舎房内）で、いつも文句言われてイジメられているビビ子（オロオロしているいじめられっ子）を見ておられず、同房者に文句言っていました。

だいたい、そういう刑務所カースト（階級）の下に居る子は、付け込まれた挙句、他人の洗濯物を押し付けられたり、掃除をやらされたりします。一人がそうすると、他の者も尻馬に乗って押し付けます。洗濯は冬でも真水で手洗いですから、これは自分の分だけでも大変です。その子の手はアカギレだらけになっていました。

見かねた私は、「あんたら何様なん、何を偉そうにしてん。自分の汚れモノは自分で洗いや。そないなこと私の前でされたら目障りやわ」と、やんわりと窘めていました。

ほかにこんなこともありました。

刑務所の中も高齢化が進んでいますから、尿漏れのオバさんを、同房者がヨゴレ的に扱うのですね。ただでさえ刑務所入って惨めな思いをしているのです。自分がイジメられる立場やったら、情けなくて悲しくて堪ったものではないでしょう。

たとえば、洗濯物を、その人の分だけ一緒にしないとか、干す際は当番ではなく本人にさせるとか（触りたくないから）、あからさまに嫌悪の目を向けて差別するのですね。「あんたら、なんしよんね。私、そんなの見たらムッチャ気分わるいわ」言うて、改めさせたこともありました。

あるいは、手が水虫（初めて見ました）の人が居たのですが、みな気持ち悪がり「あんた、食器触らんといて、伝染ったらかなわんわ」とか言って、イジメます。これも、「関係ないやろ、あんたがそないに言われたらどない思うんや。好きで水虫なったんとちゃうやろ」とヤマ返ししたこともありましたっけ。

こんなことばかりしていると、はじめは「こいつなんやのん、べべ[54]のくせして」と、反抗する人もいましたが、私の態度が変わらないからでしょうか、やがてそうしたことはなくなりました。

54　刑務所の舎房における新人のこと。最下位。舎房の雑用を行わなくてはならない。寝る場所もトイレに近いところなどと一番悪い。

刑務所は一部屋8人です。狭い空間で毎日顔を突き合わせて生活していますから、人間関係がなかなか大変でした。しかし、私は、マイウェイ姿勢を崩すことはありません。すると、いつの間にか空気が変わってきました。

閉口したのは、自分のロッカーの扉開けたら、未使用のセッケンが「よければ使ってください」というメモと一緒に入っていたり、中学校の靴箱ではありませんが「私、亜弓さんのファンなんです」という内容の手紙や、プレゼントが入っていたりしたことです。これは、複雑な気持ちでしたが、嬉しかったです。食事の時も、おばばたちが、こっそり私の好きなものをくれます（こうしたことを、不正配食[55]としてチンコロする人は居ませんでした）。

古い受刑者から、「亜弓……あんた、本当に初めてか。どう見ても初入に見えんわ」と言われたものです。

## 短気は損期、損期は満期

面白かったのが、大人になっても中学時代と変わらないことです。私に不満が溜まっている同じ工場の女が、業界の姐さん（ヤクザの姐）にチンコロして、私を力で抑えてもらおうと画策したことがありました。

ある日、運動の時間に、「ちょっと顔貸してんか」と、配下の女が呼びにきました。運動場の片隅に行くと、4～5人の取り巻きのなかに業界人らしいボス姐が居ます。私にメンチを切りながら「あんたかー、新入りのくせに態度でかい女いうんは」と、初手から喧嘩姿勢でイキって（イキがって）きます。

私は、そいつの目をまともに見ながら「何なん、それがあんたに何の関係があるの」とシンプルに逆質問しますと、しばらくこちらを睨みつけた末に、（何を言ったか覚えていませんが）何か捨て台詞のようなものを残してボス姐は去っていきました。

私も喧嘩の場数を踏んできた人間です。相手の目を見たらわかります。目が泳いでいる人や、オンドレ、スンドレ言いながら浪花節を語る者に大した人はいません。その姐さんもそれはわかったようです。

その一件以来、その姐さんから煩わされることはなかったと思います。もちろん、私は大人ですし、小者《コシャ》は相手にしませんから、卑怯にも業界人の姐に助勢を依頼した者へ、報復するというようなことはしていません。

そのほかに、私の刑務所内での地位を決定的にした事件がありました。

刑務作業中[56]にオナベの受刑者（彼女は30代前半くらいの年齢で、タッパは小さいくせに、髪の毛を短くして、ガニ股で肩をゆすって歩き、男気取りでいつもイキがっていました）が、

55　受刑者が食事の量を恣意的に操作すること。刑務所の食事は、同房の者に勝手に分けてはいけない。
56　刑務所内での労働を総称して刑務作業という。

50歳がらみの工場担当だった大人しいA担[57]先生を、ボコボコにしていたのです。

私は金網を作る班で、後方はミシン班でした。皆、そのオナベのどう猛さに呑まれて、トラブル敬遠とばかりに目を伏せています。「触らぬ神に祟りなし」「見て見ぬふり」「短気は損期、損期は満期」が刑務所のモットーであることは私も知っています。しかし、オナベは無抵抗なA担先生を一方的に殴っています。

なにが原因かわかりませんが、モノには限度がありますから、私は立ち上がりました。ミシン班のクミちゃんも私を見て頷き、席を立ちました。「おい、あんた、いい加減に止めんかい」と私がオナベの肩に手を置きますと、振り向きざま「なんか、ワレやるんかい」と、こちらに矛先が向きましたから、私は彼女の両手を封じて床から持ち上げました。

そこでやっとB担当の先生が非常ボタンを押し、他の先生が撮影用のビデオカメラを持って集まってきました。

その間の数分間、私は、オナベの両手を封じてつるし上げていました。このオナベは、別に個人的な恨みがある憎い相手ではなかったので、私は殴ったりはせず、ひたすら拘束していただけですが。

**満期上等**[58]**！**

大学に落ちた当初は、一応は、マジメにして早く出ようと思いました。はじめは洗濯工場に配置されました。べべはこうした人が嫌がる仕事を回されると思っていました。しかし、直ぐに舎房の捜検がありました[59]部屋を替わりましたから、食事班「炊場《すいじょう》」[60]に回されました。

この作業では、重たいお茶のバッカンを4つ持って階段を上がったり、お茶を配ったりと頑張りましたが、夏場という季節も災いしたのか、めまいがして気が遠くなり倒れました。医務に担ぎ込まれたら、医者から「熱射病」と診断され、「数日は安静にしていなさい」と

---

57　刑務所の工場にはAとBの2人の担当刑務官が常駐し、100名ほどの受刑者を監視する。これは一人が書類記入のために下を向いていたり、電話対応などをしている時も、もう一人がフォローして監視を怠らないようにするため。

58　「満期上等」とは、刑務所内の遵守事項に違反して懲罰を受けることに抵抗がなく、仮釈放を念頭に置いていない受刑者の意識や態度のことを指している。

59　捜検とは、刑務官による舎房の検査のこと。一般的に抜き打ち検査である。この時は、不正行為が見つかり、懲罰者が出たために部屋替えが為された。もちろん、不正行為をした者は懲罰房に移され、それ以外の者は部屋を替わることが通例。

60　刑務所のキッチンを業界用語では炊場といい、そこでの作業のことを調理と呼ぶ。工場の作業とは異なり、休日も作業がある。炊場担当受刑者は、朝食の用意のため他の受刑者より早く起き、夕食の準備や片付けのため、夕方遅くまで作業に従事し、残業も発生する。そのため、作業報奨金も高く、多い場合は月額で1万5000円程度になるといわれる。「炊場に行くと仮釈放が早くもらえる」という受刑者の話をたまに聞くが、2017年1月に、筆者がある刑務所長に尋ねたところ、そうした事実はないとのことである。

言われました。

担当の先生は、「回復したら炊場に戻りなさい」と言ってくれましたが、「もう、あそこは、いいですわ」と断りました（茂代姐さんも炊場したらしいですが、超短期間で辞めているそうです。この部署は、味見とか役得はありますが、朝は早いし忙しく、重労働で暑いですから、私は割に合わないと思いました）。

頑張った炊場では3級に進級[61]しましたが、集会に出られてお菓子を食べる直前に、不正授受が見つかり懲罰をくらいました（不正授受は日常的に行われます。この時、何をあげたか、何をもらったかは記憶していません）。

それから数珠などを作る工場に配置されましたが、ここは喧嘩が日常的に起こる工場で、私のような血の気が多い者に進級のチャンスはありませんでした。それでも、房長（舎房の長）になりました。しかし、すぐに喧嘩して一気に最下位の8番手（べべ）に急降下。金網工場に回されましたが、ここでも喧嘩しまして、ついに昼夜独居[62]という不名誉な拘禁生活を余儀なくされました。

私の最初の刑務所体験はこんなものです。

途中からは開き直って「満期上等！」になりましたから、その後、受刑者が心待ちにしている集会には、出たことがありません。結局、大学では独居生活の方が長かったと思います。いまにして思えば、直情型の私は、どうも要領が悪いようです。

この時の懲役は、結局、仮釈放が付きましたから、3年数か月ほどでシャバに戻れました（仮釈放日は記憶していません）。

　初めての刑務所体験でしたが、終わってみると、その収容期間は意外と短く感じました。慣れるのに忙しかったからと、行事が多く、右向いて左向いている間に刑期が終わった気がします。

61　2006年以降は、新法で「優遇措置」になったが、亜弓姐さんが回想する1999年当時は「累進処遇」といい、受刑者の階級があった。受刑者の行状等によって4級から1級まで進級する。進級すると、刑務所内での自由度が増す仕組みになっており、進級にともなって自発性を尊重し、次第に社会に近い環境で処遇することを目指した制度。
62　昼夜間独居処遇のこと。一般的に懲役受刑者は昼間は刑務所内の工場で就業するが、本人の性格等の理由によって集団処遇に適さない受刑者の場合には、本人や他の受刑者の規律を守るために独居房内で一人で刑務作業に従事させることがある。

# ⑦ 懲りない女と笑ってください

## シャブの魔力

家に帰ったら、母親から「あんた、何か食べたいものはないの」と言われたので、すぐさま「豚足が食べたい」と言ったのは覚えています。さらに、ショートケーキを一人で2《ツー》ホール食べて、胃腸の具合が数日間オカシクなり、太田胃散のお世話になったことを何となく覚えています。

しかし、理解に苦しむ行為ですが、大学から這い出して4日目、またまたシャブに走ってしまいました。懲りない女と笑ってください。今思えば、当時の私の意志は、とても脆いものでした。しかし一方で、シャブの魔力というものが如何ほどのものか、その恐ろしさをここで文字に表現することは難しいものがあります。この時は、出所祝いに弟分たちが気を利かせて持ってきてくれました。

刑務所や拘置所では、たとえ顔を合わさなくても、励ましあい、苦楽を共にした仲間という者の絆といいますか、連帯といいますか、そうした関係にあった者同士の親近感というものは、とても強いものがあります。

何日も独房に放り込まれ、冷え冷えするコンクリートに囲まれた薄暗い部屋に拘置されていますと、人恋しいなどというレベルではない激しい孤独感にさいなまれます（ですから、おそらく刑務所に移送される時、それまでいた拘置所での人恋しさとか人間と交わりたいという渇望から、恐怖を感じなかったのかもしれません）。

東淀川警察署の拘置区で、顔は見えないけれど、いつも話しかけてくれた男の人がいました。その声にどれほど励まされ、孤独感を癒されたかわかりません。ですから、どんな人かとても気になっていました。

彼の名を仮に正木としておきましょう。大拘でも文通して電話番号を知っていました。彼は大した罪ではなかったので、私より早く出た筈です。早速、電話しました。しかし、この一本の電話が……正木とのコンタクトが、「求刑懲役10年」という後の悪夢になるとは、この時、知る由もありませんでした。

## アウトロー正木

電話して直ぐに正木に会いに行きました。彼は私の大学暮らし話に耳を傾け、塀の中の苦労をいたわってくれました。そして、とても、とても優しくしてくれました。彼の背中には彫り物がありましたが、私は気になりませんでした。

正木はヤクザではありませんでした。ヤクザにならない理由を尋ねると、組織の掟に縛られたくないということでした。ちょうど今でいうところの「悪いことなら何でもあり」の半グレともアウトローともいえる、ヤクザよりもヤヤコシイ人でした。

この正木と出会って覚えたことですが、覚せい剤を摂取する際、「赤玉（エリミン）」と呼ばれる向精神薬[63]を同時に服用します。彼は多い時には、日に数え切れないほどの量を喰らうという常軌を逸した服用をしていました（効き目の時などは「ヤバイなこの男」と思い、付き合ったことを少し後悔した瞬間があったのも事実です）。

この赤玉は、覚せい剤と一緒に服用しますと、かなりぶっ飛んでしまいますから、キワドイ犯罪をしても感覚がマヒしているのですね。

## あまりに痛い恥骨骨折

結局、正木と行動を共にしていたことで、私もひどい巻き添えにあいました。平成14年6月1日のこと、シャブと赤玉の併用でかなりハイになった正木は、岐阜県内の交差点で信号無視をし、横から直進してきた車と衝突しました。ハンドル捌きも軽やかにその車をかわそうとしたまでは良かったのですが、結局、衝突し、派手に民家のブロック塀に突っ込むという事故を起こしてしまいます。

私は、この事故の瞬間、素面に近い状態でしたから良く覚えています。助手席でシートベルトを省略していた私は、かわそうとした車との衝突の際、スローモーションのように身体が宙に舞い、事もあろうにシフトレバーの上にお尻から着地したものです。

衝突の衝撃もさることながら、シフトレバーで恥骨が折れた痛みは、火花が散るという表現では足りない、筆舌に尽くしがたいものがありました。この世のものとは思えぬあまりの痛さに叫びましたが、助手席側に衝突した車のお陰で、動くことができません。車が炎上していたら間違いなく脱出できずに死んでいたでしょう。

あと、腰椎の左側も2か所骨折していました。救出された時、さながら下半身は暴れまわる痛みが詰まった袋のような状態でした。

救急搬送された病院は、実家の近く、受け入れを了承してくれた大阪市西区の多根病院でした。恥骨骨折の治療はみじめなものです。身動きしないようバルーンを巻かれて24時間拘束されます。

たくさんの知人が見舞いに来てくれるのですが（手癖の悪い子もいて、病院の注射器などを勝手に失敬していたようです）、それ以外は、毎日することもなく、ヒマでしょうがありません。一日中、個室の病室で、テレビ見ながらタバコばかりふかして悶々と過ごしていました。

ところが、この病院に長くは滞在できませんでした。正木がとんでもない事件を起こしたのです（おそらく、また赤玉カクテルを喰らっていたのでしょう）。見舞いに来てくれていたカツ君という私の後輩に、なぜかヤキモチを焼きまして、いきなり激怒し始めました。

「おまえ、亜弓とデキとんのやろう」とか叫びながら、病室内でドスを振り回す暴挙にでた

63　覚せい剤と同時にエリミンを服用すると、効果が倍増しハイになる。処方薬のため市販されていない。

のです。それはもう警察も駆けつけるほどの大変な騒ぎになりました。

この一件により、病院側も恐れをなして処置なしと考えたようで、平成14年6月17日に強制退院させられてしまいました（多根病院は転院先を決めてくれましたが、結局、行っていません）。そして、とりあえず向かった先は南海サウスタワーホテル（当時）でした。

このホテルは、当時1泊3万円以上しましたから、昼か夜かわからないような病院の陰気臭い部屋とも違い、窓からの眺めもよくベッドもフカフカでした。ですが、残念なことに、フカフカのベッドは、恥骨骨折の私には不向きだったようです。病院の硬いベッドも、治療には意味があるものだなあ……などと考えたものです。

一番閉口したことは、妹たちが頻繁にお見舞いに来ることでした。彼女たちからしたらホテルという空間は珍しく、フカフカのベッドは魅力あふれる遊戯の対象だったようで、トランポリンのような使い方をするのです。

これは横で寝ている私の局部に響きますから痛くて堪りません。ですが、馬鹿な生き方をする不出来な姉を慕ってくる妹が可愛くて仕方ありませんでしたから、怒ることはせずに冷や汗を隠しながら笑って我慢しました。妹の来訪を心待ちにしつつも、トランポリン攻撃に戦々恐々とする日々でした。

## 人生最大最悪マッド・ポリス事件

恥骨骨折が完治しない平成14年7月7日。ホテルでは七夕の飾り付けがなされていました。この暑い日に人生最大最悪の事件が起こってしまったのです。

突然、正木がホテルを移ると言い出しました。

「私、まだ痛いんよ。なして急に移るの」

と聞くと、

「知り合いの先輩と会うから場所を変える」

と言います。そこで、大阪市西区にあるラブホに車で転居しました。

私はまだ鎮痛剤のお世話になっていましたが、杖をついて歩ける程度には回復していました。隣室の声に耳を傾けながら横になっていますと、ついウトウトしたことを覚えています。どの位そうしていたでしょうか、「下にポリがいるぞ！」という正木の先輩の大声で目が覚めました。しかし、これは先輩の妄想だったようです。覚せい剤の副作用で、幻覚や強迫観念が生じることがあるのです。

先輩はそう言いながら、ホテルの窓から身を乗り出し、道路の上にかかる電線を揺らしています。結局、この奇行を目撃した近所の人が通報したのでしょう。数分後、本当にポリが来ました。

警察が来たと聞いたとき、正木のアセリようは尋常ではありませんでした。先ほど、その先輩と悪いことでもしてきたのではないかと、私がボケた頭で疑ったほどです。しかし、現実の問題に対処しなければという意思が、恥骨骨折治療中の私に行動を起こさせました。

気力に頼ったのではありません、慣れ親しんだ万能薬のシャブに頼りました。とりあえずシャブをトリプル（通常の3倍の量）で打って、杖をつかずに自力で歩きました。痛みが薄れたように思われ、思ったより順調に歩けましたので、杖は放りました。

ホテルの外、例の目隠しのビラビラが下がっているすぐ脇の路上に停車していた自分たちの車（クラウン・アスリート）まで行きますと、若い警官の一人がしつこく詰問してきました。

「名前は！」

「住所は！」

を、ただひたすら繰り返しながら私に付きまといます。それしか口にしません。「なんや『ロボコップ』のマーフィ巡査[64]みたいな兄ちゃんやな」と思いながら、私はひたすら無視して、後部座席に乗り込みました。正木はすでにエンジンを掛けていました。

ふと前を見ると、ロボコップの相棒――これはどうやら人間のようです――が、両手を横に伸ばして車を通せんぼしています。と、そのとき、なんと私の側のドアから（開けっ放しの状態で）ロボコップが強引に乗り込んできました（もちろん、捜査令状なしです）。後でわかったことですが、ロボコップは田口という警官、通せんぼしたのは福山という警官でした。

## 警官が発砲⁉

正木がクラウンのアクセルを踏み込みますと、福山警官は横に飛んで難を逃れました。福山警官の顔には「おいおいマジかよ、信じられねえ」という硬直した驚きの表情が浮かんでいました。

クラウンは一方通行のみなと通を疾走します。私の隣には、ドアを開けたまま（車が横揺れする度に、まるで鳥の羽のようにバタバタと開いたり閉まったりしていました）、シートベルトもしない危険乗車状態でロボコップが頑張っています（クラウンというのが災いしました。もう少しシートが狭い小型車なら、乗り込めていなかったでしょう）。

さらに驚いたことに田口警官はピストルを抜き出し「停まれ、停まらんと撃つぞ」と言いましたが、あのような道路では、すぐに停車することも難しかったでしょう。すると、本当に拳銃は発射され、硝煙の臭いが車中に充満しました。さらに1回発射。

64　『ロボコップ』（RoboCop）は、1987年に公開されたアメリカ映画の題名、およびこの映画に登場する架空のサイボーグのニックネーム。殉職した警官の遺体を利用したサイボーグ警官「ロボコップ」が活躍するSFアクション映画。主人公であるデトロイト市警のアレックス・マーフィ巡査をピーター・ウェラーが、相棒のアン・ルイス巡査をナンシー・アレンが演じた。

この2発の威嚇射撃だけでしたら、クラウン・アスリートの屋根が少々風通し良くなる位ですんだのですが、実はここからが修羅場です。

田口警官は、私を間に挟んだ状態で、後方から正木の頭を狙って銃口を向け「停まれ言うとんのや。撃つぞ」と再度脅しを掛けます（私が拳銃の銃口を逸らさなければ、間違いなく正木の頭はスイカのように弾けて殺されていたと思います。いえ、確信しています。さらに、運転手が死んでしまったら、車は暴走し、大惨事になった可能性も否めません）。

車中に充満する硝煙の臭いが、私の恐怖心に火を点け、行動させました。「愛する人が殺される」と考えた私は田口警官の両腕を自分の両手でつかみ押し上げました。と、拳銃が上を向いている私の顔の前で火を噴きました。もう何が何だかわかりません。

「やめて、やめて」を連発しながら、私は拳銃を持つ田口警官の手を上へ上へと押しのけ続けました。大音響の後に、私の両腕に発砲時の衝撃がビリビリと伝わってきました。混乱していましたから、何発発射されたのかはわかりません。

私は、力いっぱい拳銃を握っていた田口警官の腕を押し上げていました。さらに銃口の前に行き「やめてえ」と叫びました。

その際、正木も相当焦ったとみえ、「殺す気か」と叫びました。車はあっちへぶつかり、こっちをこすりそうになりながら蛇行します。

おまけに私は、恥骨をかばっています。支点が得られない私の身体はあちこちにぶつかり、八方ふさがりの状態です（翌日見たらあちこち痣だらけでした）。

その時の時間は、ものすごく長く感じましたし、真の恐怖を感じましたが、実際にはほんの数分の出来事でした。

もみ合っている内に、発砲音に驚いた正木が急ハンドルを切りました。遠心力が働いたのでしょう。マッド・ポリス田口警官は、悲鳴とも、驚きともつかぬ声を残して、車外に消えていきました。遠心力と――私の脚が当たったせいです。

普段は結構自信に満ちている（そのように装っていたのかもしれません）正木も、さすがにこの事件は応えたようです。

赤玉＋シャブの効果もこの時の焦燥感を隠すことはできなかったようで、「早いとこ、この車消すで」ということで、確か、そのまま港区の埠頭に直行して、窓を全開にしたクラウン・アスリートを海に沈めたと記憶します。

その足で目立たない別の車を盗み、市内を転々としながら、関西を後にしました（非常線を恐れ、当日は大正区のホテル、2日目は鶴橋のホテルに泊まり、大阪脱出は3日目でした）。

## 逃亡先は徳島

旅先として目指したのは徳島です。道路封鎖や検問が強化される前に大阪を離れないといけません。そりゃもう逃げるが勝ち。おそらく八卦見に相談したら「天山遯《てんざんとん》の時、通じる。小事なら貞正にして叶う」とでも宣託されたでしょう。[65]

徳島までの逃走中、気が気ではありませんから、後ろばかりを気にしていました。感覚的には10時間を要したように思いましたが、時計を見ると3時間ほどで徳島に到着していました。コンビニにも寄らず、ドライブインで讃岐うどんをすることもせず、何とカーステレオすら点けずにひたすら真剣に逃げたと記憶します。

普段は窓を開けて煙草を吸う正木も、窓を開けようとはせず、妙に無口で座っていました。何と、普段したことがないシートベルトまでして模範的な安全運転でした。道連れの2人も神妙に座っています。

犯罪者とは、ヤキがまわるともういけません。懐疑心がマックスになりますから、物事に余裕を持って大所高所から考えられなくなるのです。

現地に着くと、大阪ナンバーは四国の田舎では目立つんやないかということで、地元ナンバーを手に入れました。天ぷらナンバーに加工した念の入れようも災いしたのですが（徳島301を徳島300に偽造加工した）、これが第一の間違い。さらに第二の間違い。ホテルの選択を誤り、ビジネスホテルの屋外駐車場に入れたことがいけませんでした。これが立駐のビジネスホテルならもう少し逃げられたかもしれません。ですが、屋外駐車場に停めてある車の加工ナンバーに気づいた人がいて（おそらくナンバープレートの持ち主にも伝わり）、通報されたのです。都会なら「見て見ぬふりの風潮」ですから、まずこのようなことはありませんが、ここは徳島でした。「好奇心旺盛な」田舎の過剰反応に無知だった私たちの失態です。

## 「お前が朴亜弓か！」

発砲事件から5日後の7月12日早朝、どうもホテルの部屋のドアの向こうに忙しない気配がしました。私たちは無言で顔を見合わせました。「そんな、まさか……」というのが偽りのない反応でした。すると1分もしないうちに「警察だ、ドアを開けなさい」と乱暴なノックが部屋の空気を震わせました。

とっさに正木が外に面した窓を苦労して開けたのですが、いけません、こちらにも警察がウヨウヨしています。「たかが車両窃盗にこれほど人員を動員するとは、さすが田舎の警察はヒマやわ」と思いましたが、この時は舌先三寸で逃げ切る自信がありました。ですから、私は逃げようなどと変な悪あがきをせず、即座に、不倫旅行がバレてオロオロしている主婦

---

65　占い用語。天山遯の時は、衰えつつある時の流れに逆らわず、たとえば、中央から逃れ退いて田舎や地方などに身を隠し、じっと再起のチャンスを待つべき時。何事も潔く退き、深入りしないことで難を逃れることができるので、見栄も外聞も気にかけず、逃げるが勝ち、今日あっての明日、執着心を捨て去れ、の意。

に変身しました。

正木はというと、残りのシャブを自分の腕に注射しています。「お前のも使ってやったで」とのたまった時には、「こんな場面なのに、どういう神経しているのか」と驚いた記憶があります。連れの2人も逮捕されましたが、自分のことが手一杯で構う余裕などありません。

手錠を掛けられ、パトカーに乗せられた私たちは、そのまま徳島東警察署（本署）の取調室に連れて行かれました。「あんたの名前は」「住所はどこ」と、取り調べの警察官も気を遣っているようで、大声の頭ごなしではありませんでした。

私はというと、こんな不幸が信じられないショックを受けた主婦を演じ続けました。

「私、盗難車とか知らなかったのです。ただ、あの人とは恋愛関係で、たまたま徳島に遊びに来ていただけです。お願いですから主人には内緒にしておいてください」

「奥さん、手順がありますから名前は」

「あ、私、高山恭子です」

「住所はどこ」

何と答えたか覚えていませんが、テキトーに答えました。

「で、あの男との関係は」

「そのう……恋人なんです」

……長い質問は続きます。

「では、すいませんが、規則ですから指紋とりますよ」

状況として、避けることは無理でしたが、これがいけませんでした。指紋照合の報告を受けた取調官の顔が、ベロリとお面を剝いだかのように見事に変わりました。事件に巻き込まれた哀れな主婦に同情していた物わかりのいい刑事さんが、いきなり怖い顔になって、

「お前が朴亜弓か！」

と大声で一喝しました。そして、情け容赦ない本格的な取り調べが始まりました。

あれだけの事件を起こしているのですから、全国手配されていたのも当然ですよね。この逮捕は、連日、新聞の紙面を賑わせました（刑務所で読める新聞は黒塗りだらけでしたが、何となくわかりました）。

# ⑧ 隣人は林真須美

## 緘黙戦法

私も腹を決めましたから、刑務所仲間に伝授された緘黙《かんもく》戦法で応酬することにしました。「緘黙」とは、黙秘のレベルではなく、簡単にいうとお地蔵さんになることです。一切、口から音を発しません。これは「供述調書」を作成させないための作戦です。この調書が作成されませんと、刑事手続き上、起訴ができないのです（刑事訴訟法万歳）。

ですが、この戦法は、相当の肝の太さと、鉄の自制心が要求されます。ブタ箱に放り込まれて、孤独と不安のなか、伝統ある「洗練された」警察庁式の執拗な精神的拷問を受けますと、平常心を保つのは至難の業です。素人なら拘禁ノイローゼを発症して、3日もすれば音を上げます。

取調警察官もヤクザと同じで、オドシ役とナダメ役の劇団イロハ波状攻撃できますから、並みの人間は、神経がプッツンするのも仕方ありません。

オドシ刑事が、

「いつまでも黙秘なんかしゃれたマネできると思うてんのか。喋らんと一生臭い飯食わなあかんぞ（おれをナメんなよ、ねえちゃん）」

と言うかと思えば、ナダメ刑事は、

「まあ、考えたらお前の生い立ちも可哀そうやな。オヤジがヤクザ者じゃあ、子どものころから人には言えん苦労もしたんやろなあ……おれもお前ぐらいの娘が居てな、あんた見てるとどうも他人事とはおもえんのや。今回の事も、どうせあの男の指示にズルズル従っただけちゃうんか。前にもこんな娘が居ってなあ……（お上にも情けってもんがあるんだぜ、いまのあんたに残された道は、それにすがるしか無いんじゃないのかい）」

などとソフトな対応に努めます。普通の女でしたら、10人中8人は、涙流しながらこの劇団イロハの手に乗り沈没すると思います。

演技に見とれて下手に口頭で応じると、刑事さんは皆作文の文才がありますから、供述調書をうまいこと――まあ、いうたら、有罪にできるよう都合よく――でっち上げます。

あれよあれよという間に「以上のことを本日録取し、被疑者に読みきかせたところ、本人が間違いない旨申し述べ、署名押印した。警察庁徳島東警察署　司法警察員　警部補　山田太郎」などと書いた紙を鹿爪らしく差し出し「ここに、住所と氏名書いてね」と、優しく安物のボールペンを手渡します。もう、この時の刑事は、おそらく新築分譲マンションを売りつけ、契約の山場を迎えたセールスマンの気分でしょう。シメは「さ、奥さん指貸して、はい、お疲れさん。ティッシュで指拭いてね。捜査結了」。これにて一件落着となるわけです。

私は、長年の経験から（あるいは、犯罪者仲間の話から）、この「供述調書」なるものを作成させなければ、裁判に持ち込めませんし、パイになる可能性が高いことを学んでいました。

緘黙のお次は、調書作成妨害工作です。

「すいません、のど渇いたのでお水もらえますか」

と言いますと（男性の被疑者はどうかわかりませんが）、私が女だからか案外素直に取り調べの机に、冷たい水を満たしたコップが置かれます。それを、いきなし頭からかぶります。そして「服が濡れたから、部屋に戻るわ」と席を立ちます。これも女性の特権かもしれません。男だったら「おまえ、警察をナメとんのか」と、椅子の一つも蹴り倒されていたかもしれません。

ほかには、取り調べ中に、本来なら不測の事態の際に警察官が応援を呼ぶ「警報機」を押したりして、混乱させました。しまいには、調書を書く刑事が、私が机を動かした音や、椅子を引いた音、咳払い等々を調書に書き出したのには唖然としました。紙面は「ガタッ」とか「ギーッ」「コツコツ」などの擬音語で埋まっていました。日々、取調官相手に根くらべでした。

ただ、尿検査だけは逃げられず、それを拒んだら「強制令状」持ってこられ、病院で管を挿入され採尿されました。

結局、徳島地裁で裁判が開かれ、車の窃盗はパイになったものの、シャブの使用は有罪になり、前回の仮釈が取り消されまして、拘置だけではなく、32歳にして、受刑生活再開の憂き目にあったのです。

## ようこそ、男子ＬＢ級[66]刑務所へ

徳島警察もついに最大の問題、つまり私の「警察官の公務執行妨害・殺人未遂事件」については、匙を投げる日がきました。そして私は、その事件については、被疑者のまま拘置所送りになりました。早々に拘置所送りになった主たる原因は、取り調べ中に私が非常ベルを押したからです。

拘置所送りになりますと、即日、受刑被疑・被告（人）になりましたから、お菓子などが食べられません。相当後悔しましたが後の祭りでした。

この拘置は、男性専用の徳島ＬＢ級刑務所内にある拘置区においてなされました。ここは山の中にありますから、虫がいっぱいで不潔なところだというのが第一印象です。舎房も物凄く古いもので、まさに監獄でした。

拘置区に行くと、女子刑務所とは違う一種異様な雰囲気がありました。これが男性のＬＢ

66　日本の刑務所において、受刑者を収容する施設、または施設内の区画を区別する基準となる分類級のこと。Ｌ級は、執行刑期10年（２０１０年4月より8年から引き上げ）以上の者を指す。Ｂ級は、犯罪傾向の進度による処遇指標で、犯罪傾向の進んでいる者（再犯・累犯・反社会的勢力）を指す。したがって、ＬＢ級とは、長期刑を宣告された、犯罪傾向の進んだ者をいう。女性の場合はＷＬＢ級となる。

級刑務所かと改めて思い知らされました。とてつもなく威圧感を感じましたから（LB級刑務所は、しょーもない犯罪で初入のヘタレ男性受刑者なら、お漏らしするくらい怖いところですよ）。

古今東西、我が国の女性の被疑者で男性のLB級施設に拘置されたり、グレーのナッパ服着せられ、被疑＝被告＝受刑者として刑務作業したのは、私くらいではないでしょうか。ちなみに、この徳島刑務所では、飾りミカンのヘタ付けをしていました。

女子とはいえ、毎日の取り調べは、刑務所内で行われます。その際、取調室がある処遇部屋に行くには、刑務所内の運動場をぐるりと迂回して行かなくてはならないのです。ですから、LB級の男子受刑者ともすれ違います。

そこで、私は、水戸黄門のご隠居のように刑務官に取り囲まれて移動しました。

「ちょっと、これじゃあ景色も見えんし、仰々しくて敵わんわ」

と文句を垂れましたら、刑務官が、

「以前、お前のように若くはないが、ここで女性刑務官が囚人に襲われたんや。自分の身が大事やったら、窮屈でも我慢せいや」

と言われました。

確かに、いつも受刑者の視線を感じましたし、彼らが運動などをしている時間に出くわしますと、彼らの視線が痛いほどでした。何より眼光の鋭さやイカツさが異様でした。そりゃあ、私もこの時は初入じゃありませんから、大拘などで男性の被疑者を見ていますが、ここの住人は悪の貫禄が違います。

「なるほど、この人らは何年も、ことによるとこの先一生女に触れることもないんやな。そりゃ、懲罰覚悟のハレンチ行為に及びたくなるのも仕方ないな」などと考え、生唾を飲み込み、水戸黄門に納得したものでした。

ここでの検事による取り調べは22回ほど行われました。検事が私を落とそうと刑務所に通ってきていたのです。窃盗がパイになった件ですが、私が検事に口を開いたことからヒントを与えることになり、共犯者が起訴されてしまったので、とても申し訳なく思っています。

その他、このLB級刑務所の特徴を、女性の視点から紹介しましょう。これを女子受刑者で語れるのは私くらいでしょうから。

女子刑務所と決定的に違うのは食事です。男子の刑務所はデザートが出ないことがわかりました。その代わり、サンマと酢橘《すだち》、豚キムチ、煮物も辛いものという具合に、男性の好みそうな食事が出ます。刑務官は「男子からはデザートなんかよりも、こんなんが好まれる」と言っていました。

特筆すべきはご飯の量です。女子の場合はお碗に6分目ですが、ここではてんこ盛りで出てきます（女子だからという区別がないのが意外でした）。運動会など行事の際に出るお菓子も、女子刑務所の5倍はありました。とにかくすべて量が多いのです。

食事は多い分には文句ありません。ただ、甘いもの好きの私には、食後のデザートがないのは残念でした。

施設に関しての思い出は、先に言いましたように虫が多いことです。舎房には、アリ、ゴキブリ、クモ、カベチョロ（ヤモリ）、そしてネズミが出ます。男子刑務所の中で、喋る相手は取調官か刑務官ですから、孤独で仕方ありません。女子刑務所なら、運動の時や舎房でアゴ[67]いけますが、ここでは女子は私一人です。さすがにＬＢ級の男子受刑者と一緒に運動はありませんし、おしゃべりなど論外です。ですから、余人が歓迎しない同居人（虫たち）とお菓子を分け合ったりしていました。

巣を張っていたクモが居なくなると、妙に心配で眠れません。「死んだのかな」と思っていると、３日位して帰ってきます。「あんた、出稼ぎ行ってたん。心配したやんか」など、他人が聞いたら、ついに頭のネジが緩んだかいなと思われるような会話をしていました（嘘のような話ですが、私は本当にクモの安否を心配していました。この時はホッとして涙がこぼれました）。

## さあホームグラウンド大拘へ

この徳島のＬＢ級刑務所に来て３か月ほど経った平成14年10月15日、大阪の西警察署からお迎えが来ました。

護送車に乗って本州四国連絡橋を渡り、一旦は生野警察署に移送。ここで数日を過ごしたのちに、懐かしの大拘に入れられ、7か月の受刑被疑・被告生活が待っていました。

受刑被疑・被告人ですから、未決の拘置とは違い自由が全くありません。他の住人横目に、独房でオットメに励みました。大拘での作業は紙袋作りで、一人で黙々と袋の底を貼っていました。

この大拘での受刑被疑・被告生活中、平成15年2月のある日（日にちまでは覚えていません）、岐阜中警察に取り調べのために移送されました。この時の容疑は、覚せい剤の所持です。前にお話ししましたイタイ事件。正木が民家の塀と車で喧嘩して、私が恥骨骨折した際の車の中にあったバッグから覚せい剤が出たのです。

この時は、取り調べとは別の辛いことがありました。

2月の寒空の下を、夏物のペラペラ服で移送された日には、風邪くらいひいても仕方ありません。私は、なんとインフルエンザを発症してしまいました。タダでさえ、インフルエンザになったら関節は痛いわ、フラフラするわで、シャバでかかっても結構な不安を覚えるものです。ですから、このような状況下でインフルエンザになると、あした目覚めたら、ブタ箱で冷たくなってるのやないかいな、などとマイナス想像をたくましくしますから不安でし

67　世間話など雑談すること。

ょうがないのです。

結局、死ぬようなことはありませんでしたし、警察署で流行されても困るのでしょう。ちゃんと薬が処方されました。

この岐阜中警察署における居心地はなかなかのものでした。私が個人的に経験した拘置所と留置場暮らしのなかでは一番恵まれていたといえます。何より嬉しかったことは、警察署の隣にある喫茶店のメニューがすべて買えることでしょうか。

取り調べも、厳しいものではなく、車から発見されたシャブは私のものではないと主張し、「私ならブラジャーの（例の）ポケットに入れている。私のものではない」という証言があっさり通り、パイになりました。ですから、ここでの滞在は、ワンコールの23日間[68]に過ぎませんでした。

### お隣さんは林真須美死刑囚

徳島での逮捕にはじまり、大拘に移送された全期間の拘留、拘置、受刑拘置を合計すると3年8か月になります。そんなに長く大拘の住民で居ますと、有名人とも出会います。

大拘の独居房は2階にあります。1号室から33号室までありました（現在は改築されて部屋数が増えているようです）。

私は担当と仲が良かったので、何かと不満を言っては転房し、居心地のいい部屋を探したりしたものです（なんと、1日に数回も転房したことがあります）。不満とは、たとえば「この部屋、箒がボロボロやんか」「天井のシミが人の顔に見えて眠れそうにないわ」「隣の人のイビキがうるさいんで、この部屋イヤやわ」とかですね。

狭いフロアを転々として、15号室に落ち着いた時、生花の匂いが鼻につきました（拘置所では、薔薇などの華やかな花は買えません。菊とかりんどうなど仏花に限られますが、これは願箋[69]で買えます）。早速担当に、

「この部屋なして花の匂いがするの」

と聞きますと、

「あんたのお隣さんの部屋は花だらけなんやで」

と教えてくれました。

「はあ、そらまた何ででしょ」

68　警察は、逮捕時から48時間以内に、被疑者を釈放するか、事件を被疑者の身柄付きで検察官に送る（送検）必要がある。さらに、検察官は身柄を受け取ってから24時間以内に裁判所に対して勾留請求しなくてはならない。勾留は10日、止むを得ない事情により勾留延長する場合は、プラス最長10日であることから、身柄を拘束される期間が23日間となる。この合計した期間をワンコールという。被疑者は不起訴のまま、当該期間を超えて身柄拘束されることはない。

69　受刑者が各種申請を行う際に看守に提出する書類のこと。

と尋ねますと、担当はアゴで隣の舎房を指しながら、

「お隣は、林真須美や——あの和歌山毒物カレー事件[70]の。あん人は花が好きやからねえ」

と、こっそり教えてくれました。

それから、お互い顔は見えませんが、たまに林死刑囚とも会話していました。「もう春やなあ……桜がキレイやわ」「そうやなあ、桜キレイやなあ」とか、まあ、たわいもない話ですが。

林死刑囚は、よく歌を歌っていました。これは理由があります。かなりの長期独居拘置された者しかわからないことですが、長期間喋らずにおくと、声が出なくなったり、吃音になったりします（これは弁護士と話すときにとても困ります）。それに、彼女の放歌や独り言は仕方ないと思いました。私は死刑囚ではありませんが、人間社会で孤立することの辛さや悲しさには共感ができるからです。

この頃、私にとって、人生でもっとも悲しいことがありました。ちょうど接見禁止の期間だったと思います。

ある夜、とても綺麗な棺桶の夢を見ました。私がその棺桶をのぞき込みますと、母の髪の毛が入っています。なぜか、ロングヘアーの髪の毛だけが。それを手に取ったとき、例えるなら、鉄琴をならすような母の声がしました。「お母さん、どこに居ると思うてんの」と。

その声は、頭の中でキンキン響いていましたから、とても悪い予感がしました。そして、数

日後、肝硬変と食道癌を併発していた母が、長い療養生活の末に他界（平成16年6月4日、享年57）したことを知ったのです。

親の死に目にも会えない親不孝者とは良く言ったものです。さすがの私も、しばらくの間は意気消沈しまして、もう世の中が嫌になった……田口警官の件は、殺人未遂ではなく事故といっていいものでしたが、冤罪で赤落ちしても構わんなどと自暴自棄になり、もう、どうでもよくなりました。

## 青木恵子元受刑囚との出会い

希望の喪失、冤罪で赤落ちするという諦め、母の死……いろんなプレッシャーがかかったからでしょうか、この期間——徳島で逮捕されてからの3年8か月——は、とにかく長く感じました。

---

70　1998年7月25日、和歌山市園部の自治会主催の夏祭りで振る舞われたカレーに猛毒のヒ素（亜ヒ酸）が入れられ、4人が死亡、63人が急性ヒ素中毒になった。元保険会社営業職員の林真須美被告が殺人などの罪に問われた事件。和歌山地裁は02年12月に死刑判決を言い渡し、大阪高裁もこれを支持。林被告は一貫して否認し、上告中（朝日新聞　2008年7月25日）。和歌山地裁（浅見健次郎裁判長）は2017年3月29日、殺人罪などで死刑が確定した林真須美死刑囚の再審請求を棄却した（毎日新聞　2017年3月30日）。

おそらく大拘で、「東住吉事件」の青木恵子さん[71]と会わなければ、もっと長い拘置生活、いえ悪くすると検察の求刑通り懲役10年もらって赤落ちしていたでしょう。

青木恵子さんとは大拘で知り合いました。彼女は気品があり、芯の強いオーラがある女性でした。しかし、一方では、直ぐに壊れてしまいそうな心の脆さもあり、私は、支えてあげたいと思ったものです。

私も青木さんも独居でしたが、彼女とは、運動場に出る時間に知り合いました。そこで、自分の置かれている境遇を話すと、「そら、いい弁護士つけないかんな。うち、紹介したるわ」ということで、二審からは、凄腕のM弁護士にお願いできたのです。

この事件における検察の求刑は、懲役10年というものでした（殺人未遂事件ですから、求刑も重たいですよね）。

警官発砲事件の一審は、平成15年から16年の春の間です。この時の弁護士は、国選弁護人のI弁護士でした。一審は、このI先生のお陰で無罪判決を勝ち取りました。争点のひとつは、田口警官の車内4回の発砲が、単なる威嚇だったかどうかというものです（確か私は4発とも威嚇ではなく、2発が威嚇、2発が狙撃失敗であると訴えていました）。

ですから、実際に海に沈めたクラウンのアスリートが引き揚げられ弾道検査がされましたし（天井部分が切り取られて裁判では証拠として提示されました）、当時の現場、みなと通に居たタクシーの運ちゃんなんかへの事情聴取もなされたそうです（車のスピード、ドアの状態、警察官の半身が見えていたか等）。

さらに、なんと正木が暴れて迷惑をかけた大阪市西区の多根病院の担当医の先生までが出廷して下さり、「あの当時、朴さんのケガは、まだ完治していなかった」と証言してくれたのです。これは、私が正木と共謀して、田口警官を車外に振り落とすために、数回足蹴にしたという警察官の供述が事実か確認するためです。

しかし、どれほど証言があろうと、弾道が、真っすぐにアスリートの天井を抜けていたら、田口警官の発砲[72]は単なる威嚇であり、私の有罪は間違いありませんよね？　しかし、実際に

71　１９９５年７月22日夕、大阪市東住吉区の民家の車庫から出火、入浴中だった小学６年の青木めぐみさんが焼死した。大阪府警は保険金目的の放火殺人事件として、母親の青木恵子さんと内縁の夫だった朴龍晧さんを逮捕。２人は公判で無実を訴えたが、捜査段階の一時的な「自白」が重視され、最高裁で無期懲役が確定した。弁護団は２００９年に再審請求し、自然発火の可能性を裏付ける火災の再現実験が新証拠になった。大阪地裁と大阪高裁はともに裁判をやり直す再審の開始を認め、２０１５年10月、２人は20年ぶりに釈放された（毎日新聞　２０１６年８月10日）。

72　この発砲につき、控訴審において、裁判官は「自己防護のために発砲の必要性があったとすることはできないというべきである……車内で拳銃を発砲することは、その発砲した弾丸が被告人正木に当たる可能性ばかりでなく、他の通行車両や人に当たるおそれも十分にあったと考えられる」と述べ、冷静、沈着な判断のもとに為されたものではない田口警官の発砲を問題視している。

調査してみると、４発の弾痕の内、１発の弾道が斜めに抜けていたのです（実は田口警官が転落する時に5発目の発砲があり、道路に停車中の軽ワゴンのタイヤを貫通）。私が田口警官の手を抑えて阻止したからこそ斜めに抜けたのです。もし、そうしていなかったら、正木の頭は弾けていたでしょう。この点を検察側と争ったのですが、判決では特に重視されなかったことが心残りです。その他、警察側の証言は、様々な点で事実と異なっていました。たとえば、私は事件当時、ズボンを穿いていたのですが、警察官の提出した文書には口裏合わせされたかのように、着衣はワンピースとなっていました。[73]

　さらに、警察は、逃走時に車のスピードは時速70キロほどで、田口警官の半身が車外に出ていたと証言していました。しかし、タクシーの運ちゃんたち目撃者は、20～30キロで蛇行し、人間の身体は見えなかったと証言しています。田口警官は、3分以内で拳銃を5発撃ち、車に乗り込んで５００メートル先で車外に落ちたといいますが、もし、時速70キロのスピードで走っていたのならば、3分も要さないでしょう。

　この一審判決は無罪を勝ち取りましたが、大拘からは出られません。私は、検察がそんなに簡単に一審の結果をのむとは思えなかったので、本心では、懲役10年を覚悟していました。

　そのとき、グッドタイミングで青木恵子さんからM弁護士を紹介してもらったのです。後に青木さんの20年ぶりの無実を勝ち取る、当時から辣腕弁護士としてその名も高いM先生（と、その弁護団）は、私の最後の希望でした。

## 法を信じた瞬間

私の想定通り、検察は一審の結果を不服として、控訴しました。二審は次席検事が担当するということで、検察庁もメンツが掛かっていたのでしょう。こちらは、M先生頼みでした。ですから、先生には、当時の模様を、何度も詳細にお話ししましたし、書簡のやり取りもしました。

控訴審（上申書を沢山書きました）は、平成16年から17年までかかりました。その間、M先生は、「もはや、被疑者である朴さんを拘置している理由がない」と主張してくださり、公判中の17年の夏、弁護士保証で拘置所から保釈してくださいました。この時は、大拘の前から家までタクシーで帰りました。家には弟が兄弟分の竜二と一緒に居ました。弟らは私の

---

73　一審の弁護を担当したI弁護士は、「……服装であれ、些細なことだといえばそうかもしれない。しかし、些細なことにおいてさえ、そうした作為の痕跡が明白に認められるのであれば、より重要な事案については、なおさら、同様に作為が混入している危険があると疑うことには合理的な根拠がある」と主張し、「第一次的な捜査機関たる警察が、本件について、予断を抱き、さらには、事件そのもののストーリーを構築しようとする意図を有していたことは明らかであると言わざるを得ないのである。本件は、警察にとっては、いわばその体面と威信をかけて、本件被告人らのみに非があると決めつけるべき事案であった」と、弁論要旨「警察官の主張及び不利益証拠の弾劾」の項において、警察の調書作成における背景を、厳しく糾弾している。

思いがけない帰宅にとても喜び、寿司の出前を取って、私の保釈を祝ってくれました。

私は母の死というショックと、長い長い拘置生活にヘトヘトでしたから、この保釈はとても有り難いものでした。出来の悪い姉でも、妹や弟は心配してくれるものです。この時は、母の位牌に手を合わせながら、こんどこそ真面目になろうと誓いました。しかし、残念ながら、その誓いは果たされませんでしたが。

一審も二審も合議制裁判で裁判官が3人でした。威厳に満ちた物々しい雰囲気のなか、私は公判に通いました。ただし、夏ですから半袖でしょう。心証が悪くなってはいけないので、腕にもファンデーションを塗って出廷していました。なぜかというと、長年の注射の痕を隠すためです。

この公判は随分と長く感じました。拘置されている時の出廷は、外に出る機会ですから、ある意味気晴らしになりますが、一旦、シャバに出ると裁判はなかなか億劫です（怖いという感覚もありました）。

しかし、M先生の信頼を裏切るわけにはいきませんから、仮病なども使わずに必ず毎回遅刻せずに出廷しましたが、判決の日は遅刻してしまいました。この時はかなり焦り、裁判所に電話して、車と電車を乗り継ぎ駆けつけました。

裁判では、様々な状況証拠に加えて、田口警官の「停まらんと撃つぞ」という発言も問題視されました。M弁護士は、この言葉に着目されました。「この言葉こそが殺人未遂である」

と——私が刃物かチャカ（拳銃）を構えていたわけでもなく、田口警官に急迫した生命の危険がないにもかかわらず、「撃つぞ」と威嚇し、実際に「発砲している」わけですから。

さらに、「殺人未遂」として問題になった点、つまり、私が足蹴にして田口警官を車外に落とそうとしたことについて、裁判官は「走行中のクラウン車内後部座席において、田口巡査を車外に転落させるために故意にその身体を蹴りつけたと認定することは疑いが残る……被告人正木との間で田口巡査をクラウンの車外に転落させることについて黙示的にしても共謀を遂げたとは認められない」と判断してくれました。

殺意なんかこれっぽっちも無かったし、蹴ったこともありません。ただひたすら、車内での連続発砲が、怖かっただけなのですから。

結局、M先生の名弁護のおかげで、求刑（懲役）10年から、まさかの無罪[74]を勝ち取ることができました。この時ばかりは、法の公平性、公正性に感謝し、法を信じました。私のよう

74　控訴審における判決で、裁判官は、「田口巡査が沈着、冷静な判断のもとに、拳銃を発砲したとも認められず……発砲はいずれもその犯人の逮捕や逃走防止等のために『必要であると認められる相当な理由がある場合』にも当たらず、また、『その事態に応じ合理的に必要と判断される限度』にも該当しないものといわざるを得ず、……拳銃発砲行為は上記警察官職務執行法の要件を満たす適法なものであったとは認められないというべきである」とし、「この点に関する検察官の論旨は理由がない」と判断している。

なワルい女、これまで犯罪を生業としてきている者、シャブ中の証言なんか、裁判所が取り合ってくれる筈もない。どうせ警察の言い分が通るに違いないと確信していましたから、この無罪判決にはとても感動しました。

公判に付いてきてくれていた妹と抱き合って泣きました。M先生も笑顔でしたが、私は、先生の後ろ姿に手を合わせて拝んだものです。

# ⑨ 病は治るが癖は治らぬ

## 悪事との縁は切れない

3年8か月ぶりに晴れてシャバに出てきました。そして、もはや引き戻されて10年間も大学に入らないかんかも……という、最悪の事態を想定せずに生きてゆける。いいようのない解放感にひたる毎日でした。

「もう、悪いことはすまい」「大学生活は人生の大いなる無駄、すごく勿体ないことだ」などと考えていましたが、私のような世界で生きてきた人間が、このタイミングで人生を変えることがいかに難しいことか――おそらく読者の皆さんからは、「そりゃ、あんたの勝手な言い訳や」「更生しよう、やり直そうという本人の心構えの問題やろ」とお叱りを受けると思います。

しかし、「三つ子の魂百まで」「病は治るが癖は治らぬ」などと諺でもあるではありませんか。長年、土手の上ではなく、淀んだドブ川の中ばかりを歩いてきた人間は、土手の上の道に戻れないものです。簡単に戻れないのは、様々な「社会的諸力」が働くからではないか……と、バッテン先生に示唆されたことがありました。

バッテン先生のいう「社会的諸力」というのは、たとえば、悪い仲間の影響――彼らの私に対する役割、判断、行動への期待などなどから、日の当たる土手の道に戻ることを、（もしかしたら、土手の上の人からは「犯罪者」と非難され、土手の下の人からは「裏切者」と言われるかもしれません）許してもらえないということですが、確かにそうかもしれません。いや、たとえ戻れるとしても、そこまで這い上がることがコワイという現実もあります。なぜかわかりませんが、ドブ川の中では鉄の心臓でも、土手の上に上がるとトウフの心臓になるのです。

時代劇などでも、悪いことから足抜けして真人間になろうとする元盗賊のところに、ある日、昔の仲間がふらっと訪ねて来るシーンがあります。「兄いよ、こんどのオットメはでかいヤマなんだよ。お前の錠前破りの腕が借りてえのさ。これっきりだ、手ェ貸してくれよ、な、これっきりだからよ」などと言われ、それが命取りになるなどという筋書きはよくあります。平成の社会でも、基本的にこうした構図は、変わらないと思います。

この時も、家に帰ってから1週間もしない内に、仲間が訪ねてきました。私は、母のいない家で、妹とひっそり暮らしていました。しかし、噂というものは伝わるのが早いものです。人の口に戸は立てられないということでしょう。

「姐さん、もう暫く休んだら、またお願いしますよ。いえ、姐さんが3年もシャバにいないと、みな飯の食い上げですわ」

「そんな言うても、私も歳だからねえ。そろそろ引退も考えているんよ。刑務所は、もうコリゴリなんだよ」

「そないな弱気だして、どないしたんですか。注文も溜まってますし、腕も鈍っておらんでしょう。まだまだ引退なんか考える歳やおまへんで」

手下たちは、そう言って（気を利かせたのでしょう）シャブの土産を置いて帰りました。

そして、さらに1週間後、私は、また仲間や手下を率いて車の仕事に戻っていました。仲間が言う通り、たしかに昔のお客さんたちからも歓迎されました。

## フィレオフィッシュが命取り

平成18年春先のある日、石切に住んでいた妹の家に向かっていました。途中で妹に電話して「何か要るもんないか」と尋ねますと、「せやたら、お姉ちゃん、マクド寄ってフィレオフィッシュ買ってきてくれる？」と言います。

四條畷のマクドナルドでバーガー買って、妹に電話したものの、応答がありません。数回、電話鳴らしても出ませんから、手下に「妹に渡してきてちょーだい」と言い、フィレオフィッシュをデリしてもらいました。

私はというと、その時眠くて堪りませんでしたから、手下が戻って来るまでの間と考え、アリストの中でウトウトしていました。

突然、ピッと第六感がいやな雰囲気を感じました。何と、前方からゆっくりと低速でパトカーが近づいて来るではありませんか。見つめていると、嬉しいことにパトカーは通り過ぎていきます。「ホッ」とため息ついたのもつかの間、バックミラーにはUターンして戻ってくるパトカーが迫ってきます。「ヤバッ」と思ってエンジン全開でアクセルを踏み、逃げ出しました。

しかし、焦ってロクな事ありませんし、身体も疲れていました。いつもはパトカーの追跡など難なくかわせていたのですが、この時、アリストは100キロ近い全力で電柱と喧嘩してしまい、一発でラジエーターがやられました。

フロントから煙を上げる車を捨て、ハンドバッグではなく、なぜかマイナスドライバーをしっかりと握って（今思い返しても不思議な行動でした。ハンドバッグの中のシャブ、トランクのポン刀[75]、加工したナンバープレート、シリンダーなど、車の中には、ドライバーよりもヤバイものいっぱい積んでいました）、近くの会社の中に逃げましたが、すぐに捕まりました。これは、私が電柱とぶつかった際に、ハンドルで唇を切り、血が出ていたことが災いしたのです。

皮肉なことに、逃げる際に、妹と電話がつながりまして、「お姉ちゃん、どこ、どこ」という声が、携帯から聞こえてきます。私はパニック状態でしたから、後ろを振り返る余裕がありません。しかし、警察は血の跡を辿って来たから逃走ルートは一目瞭然だったようです。観念した私は、両脇を警官に固められ、枚岡《ひらおか》警察署に連行されました。そこで知ったこと

75　日本刀のこと。

ですが、この時はタイミングが悪かったとしかいえない状況だったようです。数日前に弟分が近所で悪いことをして追われ、ゴキバイ[76]を轢いて逃走していたので、この近所一帯は警察の取り締まり強化区域になっていました。この情報が入っていれば、このあたりでシャブを車に入れておくなどという迂闊なことはしなかったのですが。

**裁判官呆れる**

結局、おしっこも採取され陽性反応。枚岡警察署には180日くらい独居で留置されました。今回は、証拠品テンコ盛りですから、さすがの私も「今回は、罪つくわあ」と、あきらめていました。

しかし、そうはいっても、下手な調書まかれたら[77]大変です。ダンマリ緘黙戦法で根気勝負を続けました。数件の事件に関する勾留期間は接見も禁止されました。警察から意図的にムサれている（缶詰にされて無視・放置されている）と思い、名前すら答えませんでしたね。

あとは、「何か目がオカシイ」などとしきりに訴え、病院に行くと言い張ったことを覚えています。これは、スキあれば逃走しようという目論見でしたが、そんなに甘いものではありませんでした。ただ、常に向精神薬の過剰服用とシャブによる精神錯乱を訴えて、「覚えていない」「記憶がとんでいる」作戦を続けました。

結局、善戦むなしく、シャブの使用と所持、車の窃盗（メクレた分を合わせて5～6台）、盗品であるアリストの無償譲受（確かこれらだけだったと思います）で、大拘に送られました。本件では、なぜか本物のポン刀は模造刀ということになりセーフでした。

この時は、前の事件からあまり時間が経っていませんでしたから、担当から「あんた、いったい何してんの」という呆れ顔で見られました。

大阪地裁で、裁判が行われました。もう、何度足を運んだかわかりません。精神錯乱の私が、日記など几帳面につけているのもおかしいですから、何月、何日、何曜日すらもわからないような状態です。季節は夏も終わろうとしていました。

この裁判は、先の警官発砲事件で無罪を勝ち取って下さったM先生にお願いするために面会に来て頂いた記憶があるのですが、結局、別の弁護士に担当してもらうことになりました。

M先生から、

「朴さん、なにやっているんですか」

76　警察官が使用するホンダ・カブなどのバイクのことをゴキブリバイクということから、ゴキバイと呼ぶ。白バイと異なり色が黒く、小回りが利くから、ゴキブリのように細道や路地にも入ってゆける。この呼び名は地域によって異なるようで、筆者の地元（福岡市）ではジッタンと呼んでいた。意味は、ジジイが乗る単車からきたもの。
77　調書をまくとは、取調官が調書を作成すること。下手な調書をまかれるとは、被疑者に不利になる調書を作成されること。

と、呆れ顔でボソッと非難されたことは、いま思い出しても心が痛みます。

さらに、恥ずかしかったのは、裁判官3名のうち、一人の裁判官が、前回と同じ女性でした。彼女からは「あれだけマジメになると言っていたのに、どうして……」と思われているような軽蔑の眼差しで見られ、穴があったら入りたいほど恥ずかしい思いをしました。

結局、36歳の年に、求刑6年、実刑4年を打たれました。控訴などは一切しませんでしたので、懲役刑が確定しました。収監先は、お馴染みの刑務所でした。

### 3度目の赤落ち

「またか」という気持ちと、「もう、どうにでもなれ」という捨鉢の思いでした。大拘から刑務所までのバス旅では、何も覚えていません。ひたすら、外を見続けていました。ただ、刑務所に着いたとき、刑務所らしい鉄の扉が無くなっており、厳めしさが消え、ソフトな印象になっていたことだけは覚えています。

さっそく、お決まりの数字の問題やら国語、点を線で結ぶ知能テストのようなものをさせられ、観察工場へ。

『組長の娘』茂代ママとは、この時に知り合いました。そして送られたのも同じ第3寮の雑居、話していると共通の知人も居て親しくなりました。この時は、まさか私の父がビッグママのお馴染みなどとは知る由もありません。世間とは狭いものです。

第3工場（第1は初犯、第2、第3は累犯が多いのです）は、比較的静かな工場でしたし、寮（刑務所内の居室、舎房の中）でも同室者のいがみ合いなどは殆どありませんでした。刑務所では、テレビの取り合いなどで喧嘩になるものですが、そうした子どもっぽい争いも記憶にありません。何より、いつも舎房内が明るかったように思います。おそらく、茂代ママが底抜けに明るく、ムードメイカー役になっていたからかもしれません。

舎房では、皆はテレビにくぎ付けです。私はというと、音が嫌いでしたし、テレビの中に映される「外の社会」を見ることで空しくなりますから、その仲間には加わらず、絵を描いたり、レシピをノートに書きうつしたりしていました。ハミゴ（仲間はずれ）が怖くて仲間に同調する人もいましたが、私は意に介すことなく自分流で生きていました。

相変わらず外から手紙が来ますから返事を書くことも日課でした。この頃は、国語辞典や手紙の書き方などの本を差し入れてもらい、手紙のスタイルや漢字を正確に書くことを心がけました（テレビの音が煩わしいので、耳栓をしていました）。

他には、マナーや冠婚葬祭の本も熟読し、30代後半の女性として恥ずかしくない教養を身に着けようと努力したものです。料理の本に至っては、出汁の取り方から、調理方法まで、大学ノートの一つの罫線の中に2列に書き写すほどの細かい作業を自分に課していました（＝次頁写真　普通に罫線の中に書くと、貴重なノートを直ぐに使い切ってしまいます）。

**和菓子の本が大好きだった『組長の娘』**

これは趣味ですが、私は花が好きですので、雑誌の「プロが作る花束」などの写真を折り曲げて飾っていました。花の写し絵を便箋にし、その上から色鉛筆を削った粉をティッシュでこすり、グラデーションをつけて花を作ったものです。

そのようなことをして過ごしていたのです。当時の私は、このような些細な趣味に、心の癒しを求めていたようです。

私にとって素晴らしく崇高な趣味は、茂代ママには理解しがたいようで、「ウチ、あんたの趣味はキモイわ」とよく言われました（茂代ママは花が大キライなのです）。「ここでは、食いモノしか興味ないねん。これ見てるとヨダレ出てくるわ」とか言って、スイーツの雑誌などを見せてくれます。（大学）出

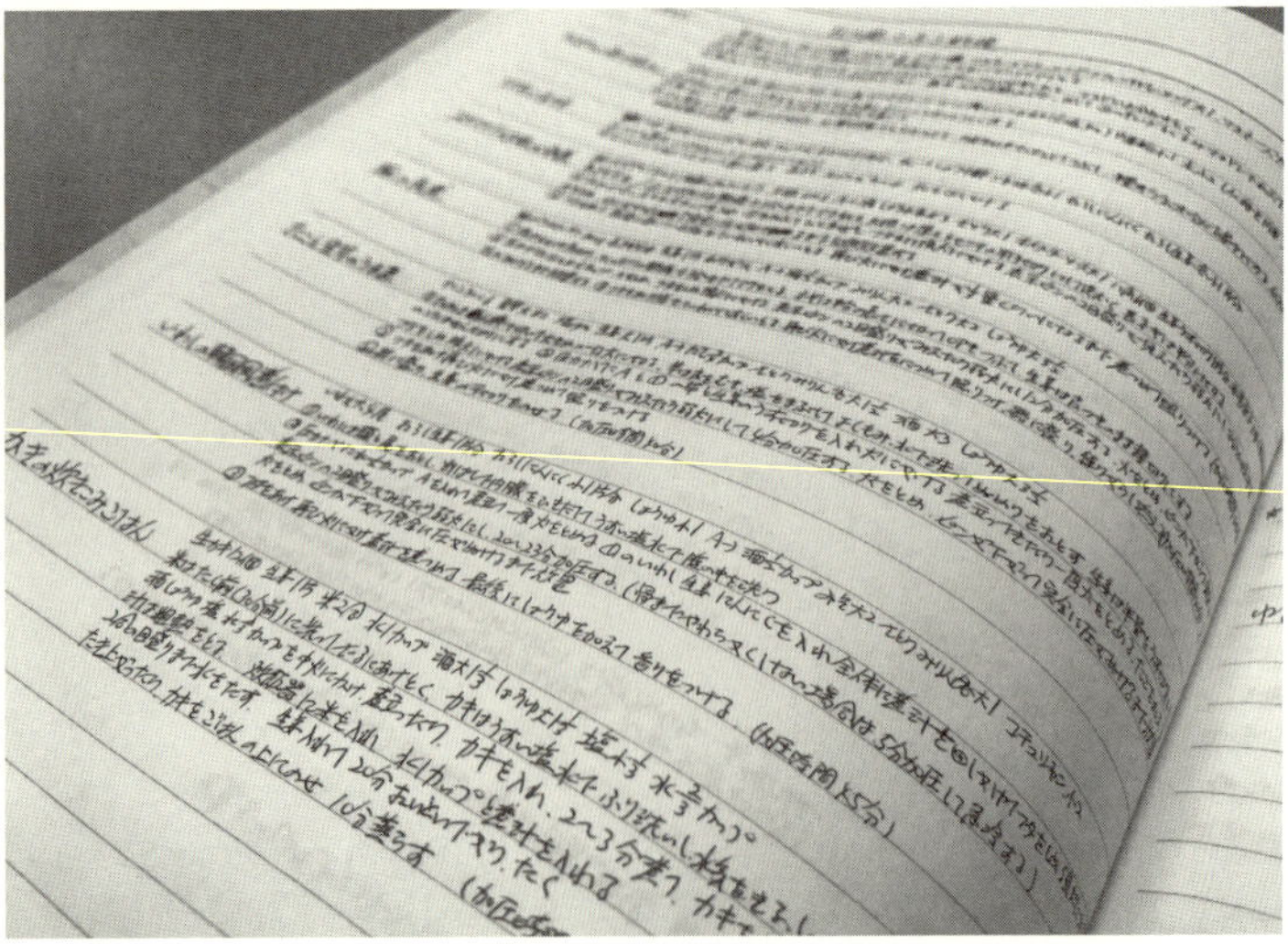

たら必ず買いに行くと言って、自分のノートに丹念に店をリストアップしていましたね。私からしたら、いま食べれんのに、そんなもん見てどうするの。文字通り「絵に描いた餅」やん……と思っていたものです。ママにしてみたら、花より団子ならぬ画餅だったようです。

趣味は違いましたが、この懲役は、茂代ママのおかげで楽しい日々でした。出来の悪い私は、懲罰喰らって工場を転々としましたが、一巡して第3工場に戻ってきますと、茂代ママがえらく出世して班長になっていました。お互い再会を喜び、運動時間などは一緒に居たものです。

茂代ママの班は、ミシン、糸キリ（完成した靴下のつま先から出ている糸を切る作業）、アイロンなどの縫製工場でした。私に当てがわれた仕事は、ソックスの畳みと、袋入れでした。私はママのために頑張って仕事をこなしました。仕事の出来高は、自分の役席《えきせき》（懲役の作業をする席）の右上に「役上《えきあ》げ」（懲役作業の成果）の表が貼ってあります。ここに、班長が、個人の出来高をボールペンでチェックしてくれます。

茂代ママは、この出来高が上がるよう、役席の人達に声を掛けたり、励ましたりと、とても頑張っていましたし、工場の皆に好かれていました。何より担当に可愛がられていました。ただ、ここの担当は、私が班長の茂代ママと仲良くすることを良くは思っていなかったようです。マジメな班長に、極悪の女である私が、悪い感化を及ぼすと懸念したようでした。

そのことは、担当が私たちを見る目に表れていましたから、直ぐにわかりました。

### ヤマ返し事件

この工場で面白かった出来事としては、「ヤマ返し事件」があります。

工場の中には、いくつかの班があります。それらは、担当台[78]から見て複数の集団に分かれています。ある日、近くの役席の子（女性から見ても可愛い子で、シャバでは縦ロールの髪をなびかせていそうな、白鳥麗子のような気品ある子でした）が、「私ね、隣の班にどうしても許せん奴がおるから、ヤマ返ししてきます」と言いおいて、挙手。担当に「トイレ行かしてください」と言いました。

彼女はトイレ行く振りをして、こっそりと隣の班に近づきました。担当が気づく頃には「パコーン」という小気味よい音がしました。自分の履いていた靴を脱いで、相手の頭を叩いたのですね。

早速、担当が私の席に来て「朴、お前知ってたん違うか」と詰問します。靴で頭叩いた子が席を立った後に、私がそちらを見たというのです。「私も催したので、トイレのランプ確認しただけです（トイレは6つあり、使用中はランプが点灯する）」と言いましたが、なかなか信用してくれませんでした。

終いには「ったく、うっさいな」と思わず口にしてしまいました。懲罰は私に何の効果もありません。担当もそれは知っていますから、強気なものでした。

私の善行が災いした事件も記憶しています。工場で私の仲良しだったオナベ（前の懲役で担当を殴ったオナベとは別人）が、口の端のアカギレに悩んでおり「姐さん、これ一向に治らんのですよ。先生は薬もくれんし」とこぼしていました。

医務官の巡回時にも、彼女は薬をくれるよう訴えていましたが、「なんや、そん位大丈夫や」と相手にされません（彼女は官[79]に嫌われていたようです）。

あまりに可哀そうだったので、私が貰っていた「フルコート軟膏」を、休憩時間にこっそり渡しました。これを後ろのオバア3人組のひとりに見られてチンコロされました。「この私をチンコロするか、誰か知らんがいい度胸してんな」と腹立ちましたが、結局、3人の内の誰がしたのか特定できませんでした。

懲罰審査会では、官から「朴、お前が使った薬を勝手に人にやるな。ましてやチューブの薬や、汚いだろうが」と窘められましたが、「可哀そうだから助けただけやんか」としか返しませんでした。「汚い」と言われたことにはムカッとしましたが。

---

78　工場内の監視台のこと。工場全体を俯瞰して監視する必要があるため高い場所に設置される。
79　受刑者が寝起きする居室区画を担当する刑務官。一般的には、昼夜間独居者が収容されている舎房を担当する。

## エビで懲役のオバさん

ショックだったこともあります。雑居の舎房でアゴ行くとき、自分は何々をして落ちたかとかの話をすることがあります。

ある60代のオバさんは、「私はエビで」と言いましたから、思わず「えっ?」と聞き返しました。なんと、スーパーで398円のエビのパックを万引きして赤落ちしているのです。旦那も居るのにどうして……同情せずにはおれませんでした。

彼女はガタイ(身体つき)が大きかったから、はじめは炊場に回されたそうですが、業務の余りの過酷さに身体がもたずに第3工場に来たそうです(私がギブアップした炊場ですから)。

このオバさんは、私に何かと話しかけますし、世話を焼いてくれます。洗濯している時とかもアドバイスしてくれます。他の人なら「ウッサいわー」と返す私でしたが、「そうなん、靴下の先っぽってそうした方が上手く洗えるんやねえ」とか、この人に対してはなぜか素直になれました。

女子刑務所というと、男性諸氏は妄想を膨らませるかもしれませんが、実態は老人ホームです。このエビ泥棒のオバさんもでしたが、おしめしている女性は結構居ます。幅20センチ程の官支給の四角いおしめですから、腰の部分のゴムもありません。パンツは老いも若きもグンゼのパンツですから、おしめをすると『火垂るの墓』のセッちゃん[80]みたいになります。あるときは、別のオバさんが、正月に初オネショして、そのまま布団を巻いていたこともあります。「何か臭うねえ」と、同房の皆が言いだし、あちこち探しましたら、本人は、オネショ布団を隠ぺいして涼しい顔しています。

ガヤガヤと皆で騒いでいたら担当が来ました。さらに部長までが顔を出しました。「1番手[81]の朴、お前力持ちやろう、その布団を台車に乗っけて運べ」と言われました。それだけならいいのですが、正月は洗濯係が休みです。「ついでに物干しに干せ」と言われた時は嫌でした。中庭の物干しにオネショのシミがある布団を干していたら、いかにも私がオネショしたようではありませんか。

案の定、他の工場の人も中庭をのぞいていました。ニヤニヤしている人もいました。私が

80　『火垂るの墓』は、野坂昭如の短編小説。野坂自身の戦争原体験を題材にした作品である。兵庫県神戸市と西宮市近郊を舞台に、戦火の下、親を亡くした14歳の兄・清太と4歳の妹・節子が、終戦前後の混乱の中を必死で生き抜こうとするが、その思いも叶わずに栄養失調で悲劇的な死を迎えていく姿を描いた物語。第58回（昭和42年度下半期）直木賞を受賞。同名のアニメ映画『火垂るの墓』が、新潮社の製作で1988年4月16日から東宝系で公開された。制作はスタジオジブリ、監督・脚本は高畑勲。亜弓姐が回想したのは、このアニメ版の『火垂るの墓』のようである。なお、セッちゃんとは、登場人物の節子の愛称。

81　房長のこと。一定期間懲罰がなく、行状がいい人がなる地位。

（恥ずかしさから）真っ赤になりながら干し終わると、担当からは有難うというひと言もありません。恥ずかしいやら、腹が立つやらで一日機嫌が悪かったことを覚えています。

**ゴチャ[82]言う私**

喧嘩というと、「ティッシュ事件」というのもありました。この雑居（舎房）そろそろウザイわあと思ったら、適当にそこらの子にゴチャ言います。この時は「ティッシュの音ウルサイわ」と因縁つけました（深夜にガサガサ音立てて何度もティッシュ取られたら普通に迷惑です）。

すると即座に「何やの」と来ますから、「上等や、あんた、うちとやるんか」と立ち上がります。内心、暴れられるので「よっしゃ」と思っています。この時の相手には仲良しがいましたから、もう一人も飛び掛かってきました（この助太刀した女の旦那は有名な犯罪者です）。

私は、ティッシュ女の胸倉を握って、押さえつけてグーで顔面行こうとした瞬間、偶然近くに居た官（普通、女子は先生と呼びます）が舎房に突入し、非常ベルを鳴らされました。もちろん、目出度く懲罰房[83]に送られます。

喧嘩するのは、本当は舎房が一番なのですが、この時はタイミングが悪く残念でした。運動場では直ぐに羽交い締めにされて止められます。ですから、刑務所内での喧嘩では10発のうち4発殴れたらラッキーぐらいに思わなくてはいけません。もっとも、茂代ママは、いつも私の暴挙には反対していました。

こんな具合でしたから、4年のうち半分以上は孤独な独居暮らしでした。私は、その方が素晴らしいと思っていました（私には、独居房＝スイートルームだったのです）。なぜなら、煩わしいことに巻き込まれませんし、嫌な事も見なくて済みます。大嫌いなテレビの騒音もありません。面倒な洗濯すら他の人がしてくれます。

はじめの内は、昼の工場には出勤する夜間独居でしたが、後半は昼夜独居に入り孤独に作業をしていました。作業は宅配袋のテープ貼りとピンチ作りです。宅配袋は、封をする部分の両面テープを、黙々と貼っていきます。ピンチ作りは100均の洗濯ばさみの組み立てです。誰にも煩わされることなく自分の世界に入れますから、まったく素晴らしいひと時でした。

懲罰房でもいろいろあります。隣の房から壁を叩いて合図してくる子もいました。食器を出し入れする口から、話ができるし、窓際でも会話していましたね。

私は、官から嫌われていたと思います。何かすると直ぐに懲罰です。

---

82　いちゃもんをつける。難癖をつけること。
83　刑務所内で規律違反をした場合に、閉居罰を執行するための（反省）房のこと。

ある懲罰の時には、食事のメニュー（学校の給食予定表みたいなもの）がありません。隣の独居の子に「今晩の食事は何なん？」とか尋ねていました。これを若い官に見つかり、Tという官にチンコロされました。「おまえ、誰と話をしていたのか」と尋問されましたが、隣と会話していたとは言えません。「歌を歌ってたんや」と返しましたら、もう一度懲罰を喰らいました。いうなら「懲罰中の懲罰」でしたね。

このTをはじめ、キャンキャンいう官は数人居ました。刑務所の塀の向こうに官舎がありましたから、イワしに行こうと思ったことも一度や二度ではありません。

しかし、そうした彼女たちも、こちらが出所間近になると、気味が悪いくらい優しくなります。

Tの場合は、他からもクレームがあったのか、後年、私の妹が赤落ちしているとき、面会に行ったら外回りになっていました。いやに愛想よく喋ってきましたから、こいつ、ここで積年の恨み晴らしてやろうかとも思いましたが、中に居る妹がイジメられたら損と考え、無理に作り笑いしたのを覚えています。

もうひとりSというううるさかった官も、小雨の降る中、茂代ママと一緒に妹の面会に行きましたら、「朴さん、あんた子ども出来たんやなあ。身体大事にせなあかんで」とか言いながら、傘を差しかけてきました。１８０度態度が違いましたから、二人で顔を見合わせながら「まじ、キモイわあ」と言ったものです。

## 満期出所[84]

私は満期なので勝手御免のペースで過ごしましたから、大学ではほとんど独居暮らしでした。ですから、刑務所の中の話をしても、茂代ママのようには面白みがありません。とにかく壁と向かい合う修行僧のように単調な日々なのです。

それでも、時間は過ぎてゆき、40歳になったとき、満期釈放または仮釈放準備の「引き込み」[85]となり出所準備寮に移されました。

普通はここでハローワークなどに連れて行かれますが、私の場合は、相変わらずの独居。どれだけ危険視されているのか、自分でも可笑しくなりました。その独居にはテレビがありましたが、時々しか見ませんでした。

いよいよ出所の日、いつもと変わらぬ朝がきました。僅かな所持品を受け取り社会へ通じる門に向かいますと、スーツ姿の男が2人立っています。「うわっ、何かメクれたんや。引

---

84　刑期を満了しての釈放のこと。

85　引き込みとは、刑務所出所前の2週間、少しずつ「一般社会における生活に慣れるための練習の機会」を得るために、出所準備寮に転房すること。出所準備寮では、工場に出なくてもよい、食事の際の食器がプラスチックから陶器に替わる、風呂が制限なしで入れるなどの変化があり、行動の自由が拡がる。出所準備寮での生活は、いわゆる刑務所ボケを取るための期間といえる。

き戻し[86]か」と、焦っておりますと、一人が「姐さん、お疲れさまです」と言いながらエクレアを差し出します。刑事やないとわかり腰が抜けるほど安心しました。

ナオキ、アキという友人2人に加えて、周ちゃん、妹分2人と父、妹が迎えに来てくれていました。

帰りの車中で、父親が老け込んだことにショックを覚えました。耳も遠くなっています。自分自身も、明日が不安定ですから、外の社会は不安の大海です。でも、生きてゆかねばなりません。出所して10分も経たない内から、生きてゆくにはまた悪いことするだろうという確信がありました。

季節は夏です。私の服は冬物でしたから、とりあえず和歌山の洋品店に行き、夏服を調達しました。

高速のサービスエリアでごく軽く食事をしてから、地元のレストランに行きました。甘いものに飢えていた私は、気分が悪くなる位、ケーキを食べたものです。しかし、頭の中では、将来の不安というネオンサインが、赤く明滅し続けていました。

---

86　引き戻しとは、刑務所での刑期中、あるいは釈放されて以降（保護観察中など）に、新たな事件で立件され、被疑者として警察署に引き戻されること。この場合は、門前逮捕による引き戻しを恐れての発言。

# 10 出所後の暮らし

## 新たなアジト

出所して数日後、私は生活保護申請をして、市内にアパートを借りて住むことになりました。「耳が遠い父親が大音量でテレビを観るから、気が狂いそうなんです。このまま一緒に居ると、殺してしまいそう」と、保護担当者に訴えましたら、意外にあっさり認可されました。生活保護で借りた住まい「メロディ・ハイム」は、数日もすると悪のアジトと化しました。出入りするのは、シャブ中と窃盗犯罪者ばかりです。

近くの人も、遠くの人も、いわば関西圏の悪い人が、何かよからぬことをする時や、ピンチになった時は、私のアドバイスを求めて電話してくるようになっていました[87]。

たとえば、事務所荒らしに入っていて、

「姐さん、いま仕事中なんですが、表にセコムが来ています。逃げた方がいいですか」

「いま、セコム来たばっかなら、あと7分は大丈夫や。それ以上、そこに居ったらポリ来るで。早う仕事片付けや」

とかいうような緊急の電話もありました。

事務所荒らしする子たちには、防犯カメラ対策講習などもしてあげました。

いまはカメラの性能がいいので、フルフェイス・マスクやサングラスだけでは赤外線で顔がバレます。ですから、マスクの裏にアルミテープを貼って仕事しなさいとか、そで口と裾はテープで固定しなさいとか、靴は少し大き目を履きなさいとかですね。現在は耳の形などでも個人が特定されるそうですから、防犯と犯罪スキルはイタチごっこですね。

メロディ・ハイムで、やっと荷ほどきが終わったというある日、妹がシャブで捕まり、この新居にガサ（家宅捜索）が入りました。この報せを受けた時、私は、かなり効き目でしたからヤバイと思い、手下にポリの対応を任せ、留守にしました。

その手下が言うには、ガサに踏み込んだポリが驚いていたそうです。なぜなら、私の家には、ありとあらゆる工具がところ狭しと置かれていたからです。ちょっとした工具店でした。出入りする人たちは、仕事をする際、私の工具店からドリル（10台くらいあった）からバールまで調達してゆきます。

ポリは驚いて「こないな工具、何に使うんや」と手下に尋ねたそうです。手下は平然と

87「本文には大きく書けませんが、悪のアドバイスは多岐にわたりました」と亜弓姐さんは言う。それはたとえば、【違法カード】違法カードの場合は、限度額がオーバーしても、他都道府県であれば使用できる。【防犯カメラ】パーキングの防犯カメラは、駐車場の車への監視用ではない。現金精算機用であり、これを壊された時にはじめて作動する。【空き巣】では、捜査段階で足形を採られるから、犯行時は大きめの靴を履き、犯行後は靴を捨てること。どうしても靴を捨てたくなければ、靴底にガムテープを貼ること。【ATM対策】違法なカードで現金を引き出す際は、マスクを掛け、ホクロを付ける。ティッシュを口に含み、輪郭を変える。ATMの前に立つときは、股を大きく広げて立つ（身長がバレない）などなど。

「姐さんの趣味や」と返したそうです。

## 警察官の暴行で難を逃れる

私は、手下のように、他人の家に土足で踏み込むようなアッキーなどはしませんでしたが、車の仕事だけは、お得意さんの依頼などもあり、シノギとして続けていました。

ある晩、守口の駐車場でのことです。駐車場の入り口に車を停めて、駐車場内を歩いていましたら、パトカーの回転灯が近づいてきました。回転灯はそのまま駐車場内に入ってきます。パクられては敵いません。平常心で立ち去ろうとしました。パトランプ見たからと言って焦ってはいけません。しかし、一緒に居た手下2人は浮足立ち、全力で逃走しました。

「おまえ、ちょっと待て。そこで何してたんや」と、警察官が私に誰何《すいか》します。

私は、普通に携帯をヴィトンのバッグから取り出して妹に電話を入れました。「持病が悪化したんで倒れそう、救急車呼んでくれる」と話していましたら、ポリの一人が私の携帯を奪って、場所を告げる前に電話を切りました。119番を頼む電話してもポリが切るのです。

それでも、私は構わずに歩き続けます。なぜなら、歩きながら、寒いモノ（この場合は覚せい剤）を、公園の植え込みなどに捨てていたからです。ただ、ヴィトンのバッグにはポンプが200本ほど入っていました。とりあえず所持していたシャブは始末しましたが、ポリは執拗です。

緊張したからでしょうか、手がしびれてきて向精神薬の副作用による発作の前兆が表れてきました。とてもしんどくなって、道に転がりました。

すると、ポリの一人が私のズボンのループ（ベルト通し）に手を掛けて、手荒く引きずり起こそうとしました。ブチンとループが千切れた感触が伝わりました。後のことは、暗闇でもみくちゃにされ、よく覚えていません。

そのまま守口署管内の庭窪交番に連れ込まれ、検尿と尋問を開始されました。48時間の勾留請求と裁判所の召喚状がきました。容疑は「特殊開錠用具所持、覚せい剤使用」です。私は弁護士を頼みました。

この時は、警察官の暴力のお陰で事なきを得ました。

打撲傷と千切れたベルトループを弁護士に見せて、「3人の男（警察官）に地面に押さえつけられたのです。犯される女の気持ちがわかりました」「こんなことされて、とても怖かったです」「前科者とはいえ、暴力をふるっていいのですか」などなど、目に涙を浮かべながら訴えたと思います。実直そうな弁護士さんは「ちょっと写真を撮らせてください」といい、ケガした部位をいくつか写真に撮りました。

私が着ていた革ジャンに、いわゆる特殊開錠用の工具が沢山入っていましたが、「革ジャン？　見てわかると思うけど、男モノやろ。寒かったから一緒に居た男が貸してくれたんや」と返して、特殊開錠用具所持はパイ。残るはシャブの陽性反応ですが、これは弁護士さんが「そもそも警察の（暴力を伴う）違法な捜査が無ければ、出なかったことだ」と主張し、これも違法収集証拠による起訴無効となり、パイにしてくれました。[88]

苦々しい顔をしながら留置場から私を連れ出したポリから還付書類を渡され、押収されていた注射器200本も回収しました（還付書類に「要る」と記入していましたので）。これは証拠品として「大阪府警」と書かれた袋に入っていました。

私はそのまま（それを渡すはずだった）ゲーム屋に持って行き、ポンプ一本1000円で売りさばきました。ゲーム屋のオヤジは、「大阪府警」の袋を見ながら、「普通、持って帰ってくるかいな。姐さん、どないな心臓してんのや」と、あきれていました。

あるいは、私の手下以外のシャブ屋からは「姐さん、なして帰って来れたん？　寒い（信用できない）わあ」と、警察の犬やないかとマジで疑われました。

## 大和田宝石店強盗事件[89]

その頃は、他にもこんな事件がありました。これは、仲間以外の他人と組んで仕事をする際の教訓になると思います。

当時、新聞にも大々的に掲載された「大和田宝石店強盗事件」というのがあります。この実行犯（男4人、女1人）は、私のグループが手配した日産の車を用いて仕事をしたようです。宝石店の前に車を停めて宝石店ギャングをしたのですが、店員に脅しの言葉を吐いたために強盗事件になった締まらない事件です（黙って盗めば高額窃盗で済みましたものを）。

実行犯は、仕事の後に私のアジトにやって来まして、「姐さん、お世話になりました。これ、少ないんですが」とか言いながら、複数の宝石を差し出しました。私はそれらを一瞥して、即座に「いらん。持って帰って」と言いました。宝石も大したモノではありませんでしたし、肌感覚というのでしょうか、何となく彼らが寒そうに感じたからです。

88　この事件とよく似たケースが２０１７年3月にあった。尿から覚せい剤反応が検出されたとして罪に問われた男性は、逮捕当時、大阪市内の路上で警察官から職務質問を受け、任意で採尿を求められたがこれを拒否。「心臓が悪い」と言って病院に搬送された際に、仲間の車へと走り出し、警察官に取り押さえられた。しかし、この際、警察が裁判所に請求していた「強制的に採尿する令状」が、まだ現場には届いていなかった。同月24日の判決で、大阪地裁は男性の首を絞めて押さえ込むなどした行為は、令状が示されてない状況では違法と判断。そうした状況を利用して得られた証拠は排除するべきで自白のほかに証拠がないなどとして、男性に無罪を言い渡した。
89　大阪府警・門真署などは２００６年6月15日までに、前年11月に大阪府門真市で男数人が宝石店に押し入り貴金属を奪った事件の強盗容疑で住所不定、無職の男（32）ら男４人を逮捕した。調べでは、４人は共謀し前年11月１日午後7時20分頃、門真市宮野町の宝石店「キッコー堂」に侵入し経営者の男性にモデルガンを突き付けて脅しネックレスや指輪など39点（約１８０万円相当）を奪い車で逃走した疑い。４人は容疑を認めているという。奪われた貴金属が事件の翌日、大阪市内で入質されるなどしたことから４人を割り出した（セキュアジャパン事件記録）。

この稼業を長年やっていますと、相手を見極める目が養われます。この人たちは我が身大事なグループと見た私の目は、間違っていませんでした。

結局、この事件の実行犯は逮捕されました。そして、案の定、実行犯たちは私のことをチンコロしてしまいました。尋問した刑事から「使うた車は、お前が段取りした言うてるぞ」と言われました。

この車を盗んだ時、私は実行犯ではなく、手下に仕事させて隣の車のナンバープレートの封印をコジって（ドライバーで抉って）いましたから、調べてもらったら立証できると考え、「隣の車の封印コジっていたんですが、ヨレてた（傷んでいた）から取れませんでした」と、正直に答えました。

さらに刑事は、「車にガソリン入れとったやろ。偽造カードで入れたな、あれは何や。そいつ（宝石強盗の実行犯）がお前からカード受け取り、ガソリン入れてサインしたと言うてんのや。（ガソリンスタンドの）カメラも確認してんのやぞ」と追い打ちを掛けてきます。「ああ、あのカードですか。先輩に貸してもらいました。ヤバいカードだったんですか」と逆質問して逃げ切りました（事実、貸してもらったカードでしたから）。

私は、この事件で巻き添えを食うことはありませんでしたが、車を手配した手下2人は持って行かれました。相手を選ぶことの大切さを再確認した事件でした。

## 組長との出会い

ここらで、現在の主人とのエピソードを語る順番になってきました。

茂雄との最初の出会いは、私が最後の大学に入る前の35歳くらいの秋でした（写真は同じ頃、妹の第1子の初参りの時のもの）。警官発砲事件で大拘から帰ってきた頃、手下の一人が「姐さんに紹介したい人がいる。自分の兄貴分です」と言い出し、大阪市内の事務所に案内されました。この兄貴分こと茂雄が、この事務所で一門を束ねる若頭でした。

そこは、雑居ビルの一角に位置していました。外には防犯カメラがいくつかありましたし、室内の壁には組員の名札が掛かり、一目でヤクザの事務所とわかります。

事務所内は、応接セットを置いていても、かなり広い空間だったことを覚えています。部屋には大きな木製のデスクがありました。茂雄はデスクに両足を乗せて威張って座っていたのです。他にも6人ほどの組員が居ましたが、皆、固くなって立っていました。

「おう、あんたが有名な姐さんか。よう来てくれたなあ」とか言いながら、茂雄はタバコ

の紫煙を吐き出します。私としては、このヤクザが、私の仕事をしている地区の顔役やと聞いていましたので、丁寧な挨拶をしたと思います。

すると、茂雄は「姐さん、まあ、これも何かの縁やな。今日はオレの誕生日や」と言います。そうとは知りませんから何も用意していません。とっさに私は、自分が掛けていた「ポリス」のサングラスを差し出し、「兄さんが掛けてみて」と言いました。

茂雄はちょっとサングラスに目を落とし、自分の鼻梁に載せました。「どうや」と言いますから、「よう似合ってる。それ、兄さんの方が似合うから、私からの誕生日プレゼントや。あげるわ」と言いますと、彼は、少し嬉しそうにしていました。このやりとりで、事務所内の空気も和んだような気がしたものです。

この時は、特に愛が芽生えるようなことにはならず、翌年、私は4年満期の勤めに出たのでした。

# 11 組長との再会

## 茂雄の誘い

40歳で大学から帰って来た私が、道具だらけの悪のアジト「メロディ・ハイム」で、シャバ暮らしをはじめたことは、先に述べました。2週間ほど経った頃でしょうか、茂雄が配下の若衆を3人連れて挨拶に立ち寄りました。

当時は、私も周りの者もシャブをやっていましたし、私の妹もツネポンでした。ですから、茂雄からすると「この姐さんも寒い」と思っていたようですが、様々な用事（茂雄が絡む件）などで、しょっちゅう顔を合わせていました（「様々な用事」とは、シャブではありません。茂雄はシャブの売人と窃盗を嫌います。手下の子にもさせない人です）。

そのうち、彼から連絡を取ってくるようになりました。いえ、何もシノギではなく、「姐さん飯行こうか」とか、「いま、時間あるなら、オレ近くや。お茶でもどうや」とか、普通のお誘いです。私は、極力、彼の誘いは受けていました。何となく、気になる存在やったのですね。

でも、茂雄からすると私の側に嫌なことがいくつかありました。それは、男と女が食事する、お茶するのに、必ず数人の男が同席するからです。これは茂雄の若い衆ではなく、私の手下でした。私は「あんたたち、付いておいで」と言っているわけではありません。彼らが私を一人にしてくれないのです。

茂雄から「姐さん、なんでいつも男のツレが居てるんや」とブツブツ文句を言われました。しかし、これぱかりは手下の「好意」でしたから、「ごめんやで」としか言えませんでした。

　これは後日談ですが、

「あんた、なんで私を誘いよったん」

　と尋ねましたら、苦笑しながら、

「あんとき実は、お前を絶対落としたい思ってたんや」

　と言われ、嬉しく思ったものです。

## 敵中正面突破

　茂雄とはそんなこんなでつかず離れずの関係を続けていました。その内に、彼はヤクザから一時足を洗い、リフォーム業の社長として、いわゆる正業を持ったカタギの生活に戻っていました。私は、相変わらずシャブをしながら、注文があれば車を調達したりする単調な毎日でした。

　私が41歳くらいのある日、桜ノ宮ホテル街に警察の一斉ガサが入り、あわや逮捕という危機を経験しました。

　そのホテルは、ポン中の溜まり場で有名でした。各階では、一人で、あるいは恋人と一緒に部屋に引きこもってシャブを嗜む人が多い日でした。シャブ屋も来ていましたから、大きな取引なども行われており、「ポン中カーニバル」の様相を呈していました。

夜も早い時間でしたが、何やら廊下が騒がしくなってきました。

「ガサ入るぞ」とかいう低い声が聞こえてきます。「まさか、質の悪いジョークやな」と思いながらも、3階のカーテンの隙間から外の駐車場を見ますと、居るわ居るわ、そこら中ポリだらけではありませんか。パトカーが何台いるか数えられません。一瞬、「これは（シャブの）幻覚か」と思ったほどです。廊下の騒がしさは刻々と増してきます。ドアを叩いて「逃げろ」と言う者もいました。

情けない話ですが、私は、この時は足が言うことを聞きませんでした。まるで、転覆するタイタニック号のような状態でした。マヒした頭脳でも、私は、何とかしなくてはいけないと思い、バッグをひっくり返して、必死で携帯を探しました。

この時、なぜか「茂雄に電話しよう」と、私は心に決めていました。「あの人ならきっと何とかしてくれる」。動揺と混乱のなか、そんな理由のない希望が芽生えました。

3コールほどで茂雄は電話に出ました。

「姐さんか、どないしたんや」

という声を耳にして、思わず力いっぱい握っていたコブシから力を抜きました。

「いま、桜ノ宮のラブホにいるのだけど、ポリのガサ入って……助けて」

と言うと、即座に、

「部屋から出たらあかん。直ぐに行ったるから、じっとして、待っててや。一旦、電話切んで」

と言われました。

部屋にいても恐ろしげな声が聞こえてきます。

「あー、また居った。逮捕や」

「はい、逮捕者1名」

「よっしゃ、次行くぞ」

皆、ポリの声です。どうやら下の階が蹂躙されているようです。そんな声を聴きながら、分配したばかりのシャブの袋を破いてトイレに流し、便器に手を突っ込んで奥に押し込みます。ポンプはベッドのマットレスを押し上げて全て下に投げ込みます。簡単なことでも手が震えて失敗しながら、私は必死で後始末をしました。携帯も二つに折って壊し、エアコンの中に隠します。

「何か失敗はないかしら……」。必死であたりを見回します。

階下からは「キャー」という女性のわめき声、「なんやお前ら」という男性の怒鳴り声、「逮捕者確保」という、勝ち誇ったようなポリの声が入り乱れて聞こえてきます。ドアの下の隙間から、逃げ惑う人の足が見え隠れします。だれかが、ドアを乱打して「ポリや、早う逃げや」と言います。まったく大変な騒ぎです。「神様、どうか茂雄が来るまで持ちこたえられますように」と、必死で祈りました。

電話して1時間以上経ったような気がしていましたが、手元の時計を見ると、15分も経過していません。やるべき処置も終わっていましたので、ドアを背に張り付いていた私の耳元で、ドアが控えめにノックされ、

「姐さん、早う開けや」

という低い声がしました。

何と頼もしい声でしょう。あの時の茂雄の声は、ホレボレする安心感がありました。慌ててドアロックを外して廊下を見ると、茂雄が一人で立っています。「早う車に乗り」とだけ、彼は口にしました。

私は、茂雄の肩につかまりながら、階下に下りました。「絶対に止められる」という確信、思わず茂雄の腕をつかむ手に力が入ります。茂雄は怪訝な表情の警官たちに向かって、声を荒らげることなく言いました。

「通せや、迎えにきただけや」

するとどうでしょう、警官たちの集団の中に道が出来たではありませんか。

私服も制服も、誰何すらしません。茂雄は足を速めることもなく、着実に出口に向かって歩み続けます。もちろん、警官たちは私たちが見えないわけではありません。こちらを向いているのですが、その顔には当惑といいますか、何とも不思議な表情が宿っていました。

やがて、私たちは、茂雄の乗って来た車にたどり着きました。車は正面に停めてありました。焦ることも、怯むこともなく堂々と乗り込むと、エンジンを始動させました。外には警察官が50～60人は居るのです。パトカーがそこら中に停車しており、パトランプの光が幾条も駐車場を掃き、この世のものではないような情景を作り出しています。

それでも、彼は表情一つ変えずに、車を発進させました。この時、私の胸中には、万一パトが付いてきても、車に乗ったらこっちのもの。彼なら絶対に捕まらないという安心感があり、恐怖心がたちまち霧散しました。それから、私たちは茂雄の家に行きました。そして、一緒に休みました。この日以降、私は彼の家にちょくちょく泊まるようになったと思います。

後日、私は茂雄に尋ねました。

「あんだけ、ポリが居てたのに、よく通してくれたね」

「止められたで。でも、『ここに居る奴を迎えに来たんや』と言うたら通しよった」

と事もなげに言います。後日談ですが、ホテルに到着したらポリと言い合いになり、彼はかなり文句を言ったようです。

「それだけ？」

私は不審げに尋ねました。あれだけの数の警察官が集結した力の入れようから、そんなに簡単にことが運ぶようには思えませんでしたから。

「そんだけや」

相変わらず、涼しい顔をしています。

「でも、2ダースくらい逮捕されたやん」

「ああ、他にもシャブ屋とか子分が救出に来てた。おれが横通ると、車の窓少し開けて『いま、中に入ったらアカン。もう、無理や』と忠告するオッサンもおったな。でも、結果オーライや。お前はパクられんかった。それでええやないか」

確かに終わってみれば「それでええやないか」というものでした。しかし、あの敵中突破してきた茂雄ほどカッコいい男を、実行力を備えた人間を、私は知りません。この事件以来、私の茂雄に対する気持ちは、ただの好意から、尊敬……そして、愛情に変わってゆくのでした。

## またカーチェイス

夜中の門真市内、友人のGT-Rに乗って依頼された車を調達に行く途中、セブイレ（セブン-イレブン）に立ち寄ったら、ポリがケツについてきました。この車は福井ナンバーだったため、職質のため停車を求められることになったのです。大阪では、とりわけ夜中は他府県のナンバー車は停める傾向にあります。

友人はパトの制止を無視して、いきなりアクセルを踏み込んだから、振り切る気やなと思いました。猛然と車はダッシュします。直ぐに、パトランプが回転、サイレンの音も騒がしく警察の追跡が始まりました。この友人は、シャブが体内に入っていましたし、大麻も所持していたからあえて逃走のリスクを冒したのです。

しかし、それほど遠くには行けませんでした。門真の交差点を過ぎたあたりで、GT-Rは分離帯に乗り上げました。車はオジャンになり、とことん壊れました。衝撃で車体はゆがみ、私は起き上がれなくなりました。この時、携帯で呼び出したのは救急車ではありません。私は、即、茂雄に電話を入れていました。

救急車2台が現場に到着し、私は応急処置を終え、一台の担架に身を横たえていました。しかし、茂雄は現れません。搬送病院も決まり、救急車は発進の準備に入りました。「ちょっと待って」とも言えません。なされるがまま、救急病院に連れて行かれ、むち打ちと診断されました。

首に仰々しい輪っか（頸椎カラー）を巻かれ、門真署に即日連行されました。この時、私は運転をしていませんでしたし、友人の大麻所持と道交法違反に重きが置かれていたようで、留置もなく、簡単な質問をされたのち、「オシッコ採って帰っていいよ」と言われました。この時は、トランクの中に入っていた持ち物については聞かれませんでした。私も触らぬ神に祟りなしというところです。

病院の待合室にいるとき、もう一度茂雄に電話をかけておりました。本人はプリプリしています。彼は事故現場に来てくれていたのです。しかし、もう一台の救急車を見舞い、乗っていたのが私ではなかったから、かつがれたと思ったようです。

小言を言いながらも、茂雄は迎えに来てくれていました。外は、いつの間にか大雨が降っていました。

**知らない内に身辺整理**

当時、茂雄には、ユリ、ヨシ子、そしてもう一人名前を知らない女性がいました。でも、なぜか嫉妬という感情は記憶にありません。私は、これまでの人生で嫉妬を覚えたことが無かったからかもしれません。それほど相手を強く意識しないからでしょうか。

あの敵中突破事件以来、私は心から茂雄を頼るようになっていました。私が41歳の後半の頃と思います。生活を共にする場面が多くなったのです。茂雄も「もう、悪いことしやんとき」と言ってくれます。そして、私の生活の面倒を見てくれるようになりました。

ある日のことです。私も知らなかったことですが、妹が茂雄に言ったそうです。「お姉ちゃんを幸せにできるんは、茂雄兄ちゃんしか居てへん。お願いや、お姉ちゃん幸せにしたってや」と。

――私は、この話を知った時、またマセたこと言いよるなあと、恥ずかしくなりました（同時に、その回答を知ることが怖かったと記憶します）。

すると、眼尻にしわを寄せて、茂雄はニッコリしながら「よっしゃ、任しとき」と、妹に言ったそうです。私は、これまでにない喜びを感じました。事実、それから、茂雄は「任しとき」を有言実行してくれたのです。

半同棲を始めて1年ほど経った頃、アジトにしていたメロディ・ハイムを引き払い、私は本格的に茂雄の家（3K）に引っ越しました。

茂雄は、自分の両親のところに私を連れて行き、紹介してくれました。彼の両親は、私に対してとても良くしてくれました。茂雄は、私の父にも挨拶してくれたのです。しょっちゅう妹や父にと言って、小遣いもくれます。私以上に、家族を大切にしてくれる茂雄を愛おしく思ったものです。

一緒に生活を始めて暫くし、一番変化を感じたことは、私の携帯が静かになったことでした。あれだけ鳴っていた携帯が、めっきり鳴らなくなりました。

茂雄から、

「どうや、最近、仲間から電話ないやろ」

と言われて、ハッと思いました。まさか、数十人いた手下や取引先が一斉に検挙されるわけがありません。数人に電話して、「どうしたのん、最近、連絡ないなあ」と言うと、「姐さん、もう電話して来んといてください。茂雄さんから姐さんに連絡すなと釘を刺されています」と言うのです。「仲間から電話ないやろ」の意味がわかりました。

茂雄は、私が悪いことをしないように、私の仲間をまわって連絡しないようにお願い（本当は、怖い顔して命令したようでしたが）して、身辺整理してくれていたようです。

**若い衆の世話を焼く**

多忙な日々は、人を悪事から遠ざけます。「小人閑居して不善をなす」という諺がありますが、本当にその通りです。

私が、仲間の音信不通を疑問に思うのに暫くかかった理由は、それを思い出す暇が無いほど忙しかったからです。当時、茂雄はヤクザではありませんでしたが、ほんの数年前まで現役でしたし、当時の若い衆の面倒も見ていました。

また、帰る家がない10代後半から20代前半のチビッ子ギャングだった子らや、ヤクザ辞めて行く当てがない20～30代位の人たちの面倒も見ていました（40歳の人も一人いました）。これは、何も彼らが茂雄と共同生活しているのではなく、数か所のマンションを借りて住まわせていました。

彼らは夜になると、茂雄の家に集まってきます。当然、晩の食事を用意しなくてはいけません。私は、大学でレシピを独学自習しましたし、料理自体は嫌いではないので、大人数の食事を作るため、台所に立ちっぱなしです。でも、それが幸せでした。

買い出しは、メモを渡して若い子に行ってもらいます。掃除、洗濯、料理と、普通の主婦の役割をこなしていました。ただ、洗濯と料理は、普通の主婦の数倍の規模をこなしていましたが。

家田荘子さんのルポが原作の映画『極道の妻《おんな》たち』のような姐さん生活だったら、どんなにいいでしょう。所詮、あれはフィクションの世界です。平成の世の中はそんなに甘くありません。私の姐としての日々は、映画で描かれる「極妻」とは真逆の生活でした。

閉口したのは、彼らが決まった時間に集まって来ないことでした。大体、夜の11時過ぎの時間帯、パチンコ屋が閉店してから来る子が多かったように思えます。私はその時間は眠たくなりますし、茂雄も翌日の仕事のために寝なくてはいけません。

はじめの内は、彼らが連れている女の子に手伝わせて食事を用意していましたが、大所帯になってからは大きな負担となりました。洗い物の量だけでも半端ではありません。詰め込み過ぎて壊れてしまい、洗濯機をドライバーで分解したこともあります。食事は、たまにはええかと思い、近所の居酒屋で済ましてしまうこともありました。

他にも私には新たな役割みたいなものがありました。それは、若い子の教育と相談係です。若い衆はカタギの人と違って会社勤めなどしたことがありませんから、「えっ、そうしちゃう？」というようなことを平気でします。

特に、時間にルーズな子や、約束が守れない子は厳しく言いました。シャブやってもズボラな子は、どうしょうもありません（それこそ命取りになりかねないのです）。

私が何より「てめえ、ふざけんなよ」などと青筋を立てて厳しく叱責したことは、茂雄に対しての態度でした。親（分）を立てることに、ギャングもヤクザもありません。自己中で、組織に居ながら自分のことしか考えない人には、どつき回して指導することもありました。

相談事は、主として彼らの連れている彼女たちからのものが多かったですね。内容はお決まりの恋愛、金銭にまつわるもめ事、男のことと相場は決まっています。これは、私の過去の経験を伝授するだけで事足りました。

そして、だいたいの場合、私のアドバイス通りになるのです。彼女らからしたら、私が八卦見に見えていたようですが、実体験に基づいた分別は偉大です。だからこそ、目上の人には敬意を表する必要があるのですね。

私もそうでしたが、人の癖はなかなか抜けません。私の場合を例にとると、買い物で近所に行くときでも、どこそこのガレージにはシーマの黒、あそこの屋外駐車場にはアリストV300のシルバーがあるなどと、地点登録して記憶していました。昔は、注文が入ったら即座に対応できるようにエンマ帳を作っていた癖ですね。

若い子も同様に、おかせぎのターゲットや、金庫破りの目星をつけたお店などをマークしておき、ついやってしまうようです。彼らには生活費を渡していましたが、計画的な生活ができない子は、一晩のうちにパチンコですってしまい、翌日には素寒貧になって犯行に及んだりするのです。そんな子には、ちょっと昔のコワイ顔に戻ってしまい、どえらく説教してから、こっそり生活費を渡していました。

## 武闘派同士の夫婦喧嘩

私たちは内縁関係でしたが、事実上の夫婦でした。ですから、夫婦喧嘩もやってしまいます。どちらも武闘派ですから、それは激しいものです。

覚えている喧嘩は2つあります。

一つは、原因はもう忘れましたが、女がらみだったと思います。私は家出して茂代ママのところに転がり込んでいました。すると、茂雄の兄弟分だったオックンが探し出してママのところに迎えにきました。

「帰れ！」

と言っても、

「姐さんを連れて帰ると兄弟に言うてます」

の一点張りです。「こんな恥さらすな」と叫び、グーパンで殴りましたが正座して動こうとしないのです。ドツキまわしましたね。これで彼の根性を見極めることができるからです（だから今になっても信頼するオックンなのです）。

茂代ママにも、マンションの人にも迷惑ですから、一旦は折れたふりをして、車に乗り込みましたが、信号停車している時、細道がある交差点で逃亡しました。「姐さん、待ってください」と言う若い衆の声を尻目に逃げ切り、ミナミの飲み屋で、クラブで、飲みつかれて帰宅しました。茂雄は、普段の顔で「気が済んだか」と言ったのみでした。

ザッと降れば、あとはカラリと晴れるのが私たちの夫婦喧嘩でした。ただ、申し訳なかったのは、迎えに来たオックンに蹴りを入れたようで、お尻にヒールの穴が開いていました。私たちが険悪になると、一番迷惑したのは若い衆だったと思います。

# ⑫ これからも一緒に居てくれるか

## 特製のおかゆ

もう一つ鮮明に記憶に残っている喧嘩――これは結果的にお互いの絆を深めた出来事ですから、一生忘れられないでしょう。

ある時、茂雄が家出といいますか、1週間ほど帰って来ない時がありました。連絡もつきませんし、すごく心配しました。ある日、ふらっと帰宅しましたが、何の弁解もありません。私はイラッとしましたので、「今度は私が家出してやる」とばかり、やり返しました。

家出の先は京都でした。数日して、そろそろ薬が効いたかなと思い、茂雄に電話しました。茂雄は「お前、どこ居てんのや。今から迎えに行く」と言います。少し、元気がない声だったので心配でしたが、「京都や」と答え、落ち合う場所を決めました。

時刻は深夜0時をまわっていました。ピックアップ地点で茂雄の顔を一目見た私は、

「えっ、あんたどうしたの」

と、声を上げてしまいました。それほど彼の顔は苦しそうだったのです。

「なに、ちょっとしんどいのや」

と、軽く返したつもりでしょうが、私は、愛する人の状態は一目でわかります。

額に手を当てると燃えるように熱いのです。「こら、インフルエンザやないか」と考え、

「運転代わるわ」と言いましたが、「いいから乗れ」としか言いません。京都から大阪までの

道中は、運転に集中しているのでしょう。彼は言葉を発しません。

マンションの駐車場に到着した時、茂雄はもう立つ事もできないような最悪な状態でした。

私は肩を貸して部屋に戻り、とりあえず寝かして、何か飲むものをと、冷蔵庫を開けて二度ビックリ。そこには何も入っていなかったのです。

「あんた、そんな状態で、何か食べたん？」

「昨日から食べていない」

私は、涙が出てきました。彼の窮状を知らず、10代の駄々っ子みたいに拗ねた揚句、京都で遊んでいたのです。もう、自責の念しか感じません。慌てて上着を脱ぎ、何か料理は出来ないかしらと、棚の中をかき回しました。米さえも底をついています。

ようやく片栗粉を見つけた私は、それを水で溶き砂糖を加えて加熱しました。茂雄の頭を膝に乗せ、スプーンで口に運びながら、私は涙が止まりませんでした。

これほどの窮状にあっても、ほかの女の子を呼ぶことなく、私の帰りを待っていてくれたのです。後で聞いたところでは、子分たちには八つ当たりして「しばらく近づくな」と、言っていたそうです。子分たちは、そんな茂雄を恐れて近づかなかったようです。

茂雄は、片栗粉で作った薄味の「おかゆもどき」の代物を、とりあえず全部平らげ、ひとこと「おいしい」とつぶやきました。そして、

「すまん亜弓、これからも一緒に居てくれるか」

とも。私は声が詰まって言葉が出ません。ただ、何度も頷き、彼の顔に涙を振りまいただけでした。それでも、茂雄はにっこりとほほ笑み、目を閉じました。

茂雄は、3日もすると起き上がれるようになりました。「今度のは、ちょっとキツかったなあ」と言い、顔にも笑顔が戻っていました。さらに、その1週間後、私たちは、二人で探した現在の家（3LDK）に移り住みました。

余談ですが、茂雄は、インフルエンザの時に私が作った「おかゆもどき」の味が、今でも「忘れられへん」と言ってくれます。たまに、それを作ってくれと言いますので、用意してみますと、「何か、ちょっとちゃうなあ」と言われます。

ここだけの話ですが、「忘れられへん」「おかゆもどき」には、私の涙という調味料が入っていたから「ちょっとちゃう」のかもしれません。

**戻って来なかった財布**

この直後だったと思いますが、四條畷署の管内で手下が下手を打ったことがあります。朝の4時ごろ、ファミレスで夜食を食べた私たちの車（私と手下2名が乗っていました）が帰宅途中に信号無視をしてしまいました。茂雄から、「早く帰ってこい」という連絡が入った直後でしたから、手下が急いだのでしょう。

たまたま巡回中のパトカーに追いかけられました。当時、私は何も悪いことはしていませんでしたが、パトカーのサイレン音を聞くと、どうも気分が悪くなります。「しゃあない」と言いましたが、なぜか手下は落ち着かない様子でした。「姐さん、逃げていいですか」と子分は浮足立っています。

私は「免許があるから大丈夫やろう」と思っていたのですが、停車した車に寄って来たポリに免許見せると、運転手に「降りてくれ」と言います。「マズイ、あの子前科あったんや」と思い立ちました。外では何か話し込んでいます。

ヤバイ、ヤバイと思いは募ります。「もう、帰るわ」と言い残し、私は後部座席から車を降りタクシーを停めました。ポリが「ちょっと、待ってください」と言いますので、「運転してたんは、私じゃあないことはわかるでしょう、急ぐんで帰ります」と言いおいてタクシーに乗り込みました。

タクシー内から茂雄に電話を入れ、手下2名が信号無視でキップ切られていると伝えました。何気なくバッグを開けた私は、シャネルの財布が無いことに気づきました。ああそうか、駐車場の金を払うのと、タバコ買いに行ってもらうつもりであの子に預けたんやと、思い出しました。このことが、後の事件を引き起こすとは夢にも思いませんでした。

車を運転していた2人は、四條畷署に連れて行かれてオシッコを取られ、日が昇ってから戻って来ました。彼らには前科があったので、キップを切られるだけでは済まなかったのですね。

人間は帰って来ましたが、財布は戻って来ません。手下を問いただしますと、財布からシャブのパケが出たと言うのです。茂雄からは、「お前、まだそないなもんしてんのか」と詰問されましたが、私は入れた覚えがありません。

結局、停車を求められた際、手下の一人があわてて隠したとわかりました（彼は車内を検査されるとは思ってもいなかったのです）。彼は、「おれは自首します」と言います。

翌日、自首した彼は、なぜか「帰れ」と言われて、すごすご帰ってきました。財布は持たずに。数日後、シャブの陽性反応が出たため、結局は逮捕されることになりました。

私は、財布の中にシャブのパケが3つも入って居たのに、呼び出しが来ないことから、自首した子がちゃんと責任とったのだと思っていたのでした。そして、そのことは日が経つとともに、忘れてしまいましたが……。

**母への憧れ**

当時の私がよく夢想することがありました。夢想とは、産婦人科から乳児を誘拐して私たちの子にすることです。そんなバカなことを考えるほど、子どもが欲しかったのです。もちろん、人間は車とは違いますから、それは想像の域を出ないものでした。

私たちには子どもが授かりません。こんな人生を送って来た私が、女の幸せは無理なのかなあなどというのは虫のいい思いかもしれませんが、子ども好きな茂雄に申し訳なく思っていたのです。

しかし、ある日、奇跡は起こりました。

私たち二人と茂代ママらの4人で、交野《かたの》市内の海鮮焼屋にサザエの網焼きを食べに行っている時のことでした。普段は水のように喉を通るはずのビール。ところがこの日は、ビールを飲むとエズキが出るのです。食事もオイシイとは思いませんから、進みません。「あれ、おかしいな」と思って、数回チャレンジしましたが、一向に喉に入ってきません。大体、10代の頃からビールは私にとって日常的な飲みものだった筈です。何かの病気やないかと、内心恐ろしくなりました。

食も進まず、ビールを飲んでは度々エズキ上げている私を見た茂代ママは、箸を止めて実に意外なことを言いだしたのです。

「ちょっと亜弓……あんた、妊娠してるんちゃう?」

茂雄はというと、目が点になって箸が宙に浮いています。結局、私の食欲は戻らず、その晩は殆ど食べることができませんでした。帰宅してからも、「あんた、妊娠してるんちゃう?」という茂代ママの言葉が何度も耳によみがえります。

翌日、家の近くのドラッグストアが開店すると、直ぐに妹分に頼んで妊娠検査薬を買ってきてもらい、早速テストしました。「ドゥーテスト」の箱を破るのももどかしく、私はトイレに駆け込みました（この歳で初めての妊娠検査でしたから、ドキドキしながら説明書を読みました)。

結果は「陽性」。まさに「陽性かくにん！　よかった」の瞬間——心がトキメキました。

私は、なぜかその結果を茂雄に見せるのが怖くて、一緒にいた彼の兄弟分オックンに見せたのです。オックンには子どもが居ますからよく知っています。彼はそれを一瞥し、大きく数回頷き、茂雄に見せろと合図します。当の茂雄は、向かい側に座っている私たち二人の様子を怪訝そうに見つめていました。

言葉にならない私は、黙ってそれを茂雄に見せました。「ドゥーテスト」を見つめる彼の目が、説明を求めています。

「出来たみたい……赤ちゃん」

と言うと、もう、大喜びです。こんなに感情を表に出す茂雄を、私は初めて見ました。そして「よし、病院に行ってみよう」と言いながら、支度をはじめました。

さらに、部屋に居た若い衆に対し、「今日から、部屋で喫煙禁止や。タバコ！　タバコはベランダで吸え」とか、「部屋に入る前に、アルコール消毒せえや」とか、「兄弟、コーナン（ホームセンター）寄って、空気清浄機買ってきてくれんか」などと、気の早いことを言っています。

私は、しばらく「ドゥーテスト」を見つめていました。この結果を単純に喜んでいいものか、不安があったのです。なぜなら、20年に及ぶ日常的な覚せい剤の使用から、その汚れた血液が胎児に与える影響を恐れたのです。

心配は日を追うごとに大きく、現実味を帯びてきます。何度も、何度も悪夢を見ました。高齢出産のリスクもどのくらいあるのか……。私は、妊娠中に気を付けることなどを書いた本、麻薬が身体に及ぼす影響の本など、読みまくりました。しかし、「その日」は足早に近づいて来ます。

妊娠していた期間は、茂雄によって腫物のように扱われましたし、欲しいものは必ず買いに行ってくれました。ちょっとでも私の体調が悪いと大変です。食事を「おれが作ってやる」とか言って、炊きたてのごはんを冷ますことを知らずに、熱いままおにぎりを握ってくれました。両手の平を真っ赤にして何個も作ってくれた……とても嬉しかった。

若い人たちも気を遣って、昔のように頻繁には出入りをしません。私は、普通の主婦のように、朝晩の食事を作ったり、掃除をしたりと単調な毎日でした。テレビは見ませんから、時間がふんだんにあります。お陰で、部屋が見違えるほどキレイになりました。

ある日、箱を整理していたら、昔の写真が沢山出てきました。一瞬、懐かしさから手に取りましたが、直ぐに箱に戻し、押し入れの奥にしまい込みました。何か、昔の悪い習慣の害毒が、その写真から放射されているような気がしたからです（平成29年の2月に、バッテン先生に見せるまで、この封印は破りませんでした）。

日を追うにつれ、段々、私のお腹も目立ってきます。茂雄は何度も「予定日に生まれるんか、予定日いつや」と質問をします。印をつけたカレンダーを見ればわかるはずですから、可笑しく思ったものです。

そして、私が少しでも風邪をひくと、大げさに直ぐ病院行こうなどと言います。本人は少しでも体調が悪いと、若い衆のアパートに泊まって帰ってきません。そこまでせんでもと、うっとうしく思う反面、その温かい気遣いを嬉しく思いました。愛されているんだ。「これが女の幸せなのかな」とか、人並みにおセンチな気持ちにひたることもありました。

自分の身体は、覚せい剤のせいで人よりミネラルやビタミンが不足していると考えた私は、カルシウムやDHAをふんだんに摂取しました。イチゴは胎児に良い葉酸が含まれていると知るや、一気に3パックも食べたり、牛乳を日に1リットル飲んだり、胎教にいいと言われる音楽も聞きました。

茂雄が好きな映画『水滸伝』を一緒に観ては何度も感動を覚え、生まれる前から、登場人物の名前を息子（男の子とわかっていました）につけていました。

いよいよ、予定していた「その日」がやってきました。しかし、予定日を過ぎても生まれる兆しがありません。数日経過してから帝王切開することになりました。

入院した病院ではもう大変です。私の父親や弟をはじめ、茂雄の母親、兄弟姉妹、子分たち、仲間たちが大勢押しかけました。「嬉しいけど、周りに迷惑だから」と言いましたが、皆は、なかなか帰ろうとしません。結局、両家の家族が全員で出産に付き添うことになりました。

私は歳ですから、帝王切開で腹を切るというと、茂雄は大層心配しましたが、実は、その方が母体にとっては楽なのです。

元気な男の子が生まれました。看護師さんが「はーい、出てきましたよ」と言いながら、私の顔の横に子どもを寝かせました。私は、この子を見ながら、涙が止まりませんでした。

「生まれてくれてありがとう、はじめまして」

その子に言いました。その直後、病室は、看護師さんの静止の声がかき消されるほどの歓声に包まれました。

### 子連れで逮捕

平成27年9月、茂雄の兄弟分が飲酒運転で事故を起こしました。茂雄は事故現場に駆けつけて、警察官にゴチャを言ったことで公務執行妨害を取られ、逮捕されました（その後、茂雄は20日で釈放されました）。

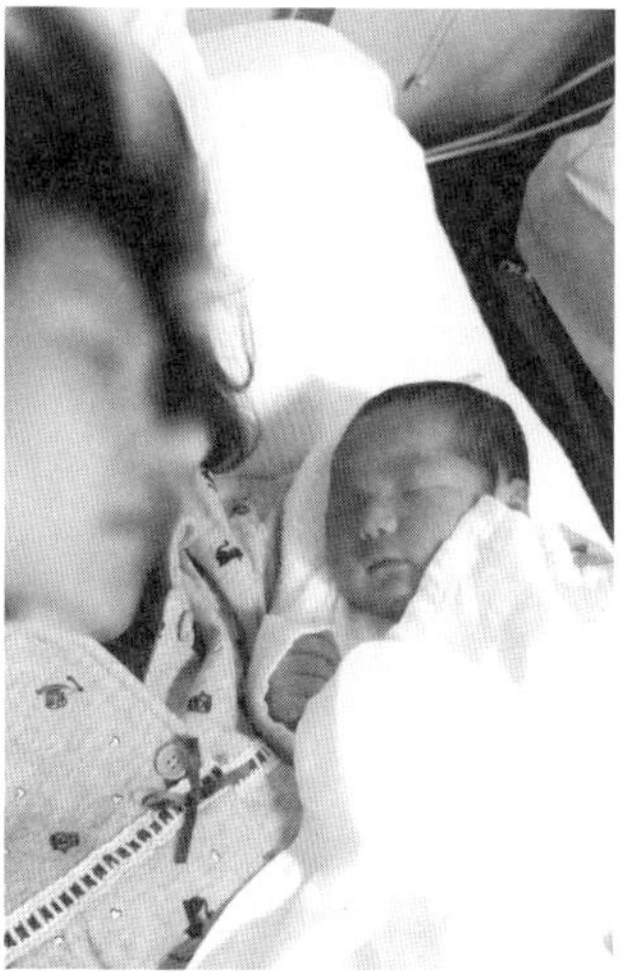

寝屋川警察署に留置されていた茂雄の身の回りの品を持ち、子どもを連れて面会に行った私を待っていたのは、「逮捕者おるぞ」と声を上げるポリの歓迎だったのです。私としては、子どもを身ごもる前後以来、何の悪さもしていませんから、青天の霹靂でした。

門真署と寝屋川署の刑事が令状を読み上げる間、警察官に取り囲まれた私は、神妙にしていましたが、彼らは、（悪名高い私だったからでしょう）四方八方から取り押さえようとします。何より最悪だったことは、子どもの足を（乳児ですよ）引っ張るのです。胴体が強く引っ張られたから、とても痛かったのでしょう、子どもは火が付いたように泣き出します。私は半分泣きながら「やめて、やめて」と叫びました。

現場は混乱を極めました。ようやく、遅れて来た父に子どもを預けた私は、門真署に連行されました。容疑は、車の窃盗事件でした。一連の取り調べを受け、何と交野警察署に留置される身となりました。

この時、私は「何があっても刑務所に落ちるわけにはいかない」と、必死でした（一生懸命に記憶を辿りました）。事件は3年前の車両窃盗というのです。正直、覚えがありません。

しかし、取り調べの刑事は、執拗に尋問してきます。余りにイライラしたので、「ねえ、刑事さん、あんたは3日前に食べた晩飯を詳細に思い出せますか？　ましてや、3年前の今日食べた晩飯を覚えていますかね」とヤマ返しました。

しかし、一方で「たしかに、当時はギリギリ薬もやっていましたし、安定剤も大量に服薬していたから、証拠があるのなら盗ったかもしれないし、盗ってないかもしれない。刑事さんも、『クスリは○○、クルマは朴』と言われていることはご存知でしょう。盗品の車に乗っていた人間が、とっさに私から車を段取りしてもらったという言い訳をしたとも考えられるのですよ」と述べ、調書作成に協力しました。

ここで、「やっていない」とは言わなかったのは、そう言うことで、取調官から「嘘をついている」と推測された場合は接見禁止になり、誰とも会うことができなくなるからです。私はそうした事態をおそれたから、曖昧な返事をしたと思います。

最終的に、盗品の車に乗っていてパクられ、私の名前を騙ったシャブ屋は、私が知った人間でした。「彼は反目[90]だから、あえて私の名をウタったのだろう」と言う私の主張が通り、本件は、逮捕から22日をもってパイになりました（茂雄にも確認があったそうですが、証言は一致していました）。

**まさか、あの財布が**

本件がパイになったからホッとしていると、数人の知らない刑事と担当刑事が「ちょっと待て、まだ帰すわけにはいかんのや」と言いながら、新たな令状を取り出しました。容疑は、

90　反目とは、対立するなど不仲な関係のこと。

覚せい剤所持ということでした。

「いつの」と尋ねると、ひとりの刑事が、手下が信号無視した際に押収されていた私の財布を出して、「これの件や」と言います（約3年前のことです）。あまりのビックリに私は言葉も失ってしまいましたが、結局、そのまま留置場に逆戻りする羽目になりました。

身に覚えがあることなら納得できますが、手下が入れたシャブ、本人もそう証言しているにもかかわらず、いま、この時に容疑者か……。もう、22日も子どもと引き離されています。私は、大声を上げて暴れ回りたい衝動に駆られました。

ずっと乳が張っていますので、房内で毎日絞り出していました。赤ちゃんに与えるはずだった母乳を。虚しさや悲しさをいくら言っても言い足りません。この時の感情を言葉にすることは難しいです。ただ、たまらなく心が苦しかったことは覚えています。

連日の取り調べで消耗していましたが、私は正当性を主張し続けました。

「手下が、（私の財布に）シャブを隠したことで自首した。本人もそう言っているのではありませんか」

「自分が後ろ暗いことをしているなら、夫が公務執行妨害で署に留置されている時、ノコノコ出て行く筈がない。悪いことはしていないからこそ、出て行ったのですよ。逃げも隠れもせずに、ずっと家で暮らしていたじゃありませんか」

結局、手下の公判供述の写しが取り寄せられたことで立証できましたから、本件は不起訴になりました。車の窃盗容疑と覚せい剤所持容疑で、合計44日も勾留されていた私は、神経衰弱になるほど疲れ果てていました（実際に直後、精神科に行きました）。2度の不起訴を受け、「ようやく我が家に帰れる」と全身の力が抜けました。

## 涙の釈放

刑事が立ち上がり取調室のドアを開けました。

「さ、朴、出ろ。お前の家族が20人位迎えに来ているぞ。早う行って、駐車場を空けてくれんか」

そう言いながら、玄関に向かいました。

私は消耗で腰が砕けて、老婆のような足取りだったと思います。刑事の後に付いて行きました。白昼の警察署のドアは、自由への扉のように光り輝いており、目を刺激します。相変わらず、脚がガクガクします。

ドアを開けると、署の前に子どもを抱いた茂雄をはじめ、弟の、妹の顔が見えます。体調が思わしくなかった父の顔も見えます。シャバに居る若い衆も全員顔をそろえています。私の膝が崩れました。それでも、私は茂雄を目指してできる限りの速足で駆け寄り、子どもと茂雄に抱きつきました。私は、号泣していました。涙が、後から後から頰を伝います。

誰が最初に始めたのかわかりませんが、はじめはまばらな拍手が起こりました。その直後、警察署の駐車場は、茂雄の「ウオー」という雄叫びに加え、集まった皆の歓声と拍手の音に埋め尽くされたのです。

思わず、警察署の玄関に目をやると、刑事さんの目に光るものがありました。そして、私と目が合うと、大きくウンウンと2回ほど頷きました。先ほどまでの「鬼刑事」は、私が小学校時代に憧れた「おまわりさん」になっていました。

# ⑬ そして組長の妻となる

## カムバック

　ある日、茂雄から「亜弓、ちょっと話がある」と言われました。妙に改まった態度です。

「どうしたの、改まって」と言うと、茂雄は一語一語噛みしめるように話し出しました。

「すまん、復活の時期が来た……おれはもう一度男を張る。おれには慕ってくれる舎弟や若衆がいる。ついてくる皆を伸ばしてやりたい。そして、次の、おれの人生の全てを親分へ懸けたいので、親分から盃をおろしてもらう。親分の下、了承を得てすぐにでも一家を持つ[91]……これはおれの生き方や」

　兄弟分からの縁で話がもちかけられたそうです。

「あんたは、もう、腹決めてるんやね」

「ああ、決めてる」

「そんなら、今さら何も私が言うこともないやん。あんたの好きにしたらいい。でも、もし、ヤクザでダメになっても死ぬわけやないし……そん時は、一緒にどこかの島で親子3人暮らそうね」

「すまん、お前には苦労を掛けるなあ……でも、またヤクザする以上、生きるか死ぬかのキワドイ時もあるかもしれんぞ。おれは負けんけどな」

　茂雄は、私の顔を見つめながら、しみじみと言いました。そして、「おれはいい嫁をもった」とも。私からすると、茂雄ほど人情味にあふれ、人に慕われ、曲がったことが嫌いで、サッパリしており、人に優しく自分に厳しい男は、他に知りません。ヤクザであろうとなかろうと、そんなことは二の次です。これほどまでに素敵な男性はいないと思っていますから。

ただ、一つ、私の懸念するところは、私自身の資質です。ヤクザの姐は、ギャングの首領とは違います。私は、更生したとはいえ、所詮は犯罪者です。かつてはポン中でした。そんな私が、数十人の若者の人生に責任を負う組長――組織の運営に加わる男の嫁として、やっていけるだろうか。茂雄の面汚しにならないだろうか。

また一方では、暴排（暴力団排除）の嵐の中、親子3人、かわいい若い衆たちが暮らしていけるのだろうか（若い衆たちのためには、茂雄のカムバックはいいことかもしれません。組長の顔を考えたら窃盗やシャブなどできなくなりますし、行き場のない子たちを組が受け皿として引き受けることができます。本部に派遣されることで、所作[92]なども学ぶ機会になり

91　我々一般社会では、転職や再就職で企業を変われば、社内のポジションも一から出直しになるが、ヤクザ社会では、若い衆を連れて組織に加われば、相当の待遇を受けることができる（ただし、過去に破門より厳しく義理回状が赤字で書かれる赤字破門やさらに重い制裁である絶縁処分があった場合はこの限りではない）。これは、戦国時代の侍大将が、一族郎党を引き連れて、新たな陣営に加わるシステムに似ている。

92　所作とは、立ち振る舞いなどのこと。ただし、この場合はヤクザ社会の礼儀作法。

ますから)。茂雄の正業[93]まで奪われて路頭に迷うのではないか。言いようのない不安を覚えます。カードが使えなくなるのでは、口座が無くなるのではないか……不安は募ります。

いえ、今現在も不安は拭えません。でも、あえて、彼にはそうした不安を訴えていません。今、ここで初めて述べているのです。これから、私は、「極道の妻」として生きてゆかなければなりません。そしてなにより、母としても。

水平線の向こうには何があるのでしょう。生まれてはじめて、自分以外の人の決断による人生を歩むこととなりました。けれど、私が愛した人ですからついてゆきます。結果がどうなっても、後悔はありません。最愛の人と決めた道なのですから。彼なら、きっとベストを尽くしてくれると信じています。

## 私の心からの懺悔

最後に、さまざまなご迷惑をおかけした方々に懺悔したいと思います。

私は最低な女でした。最愛の母にはいつも気をもませ、悲しい思いをさせました。母の事を想うと今でも涙が滲んできます。体調を崩して57歳で他界したのは、きっと私のせいです。余計な心配を掛け過ぎたからだと思います。父にも、生前に恩返しはできませんでした。両親は、ハラハラしながら天国で私を見守っていることでしょう。

散々、悪を極めてきました。落ちるところまで落ちました。いい加減にしておけばよかったのに……心の中は大雨です。心の中には涙の湖ができています。この湖は今も大きく深くなっています。取り返しのつかないことを沢山してしまいました。こんな私が生きているなんて、許されていいのでしょうか……これからは、過去の罪を背負って、人一倍、真っ当に生きてゆかねばならないと思います。苦しい懺悔の毎日です。

こんな私にも、女の幸せをいただきました。その資格はないと思います。でも、現在は、子を授かり、母として、女として人生を歩んでいます。

私が過去にしたことのせいで、どうか、私以外の大切な人に天罰が下りませんように。私たち夫婦の「宝者」に下りませんように。いつも、いつも祈っています。

天罰……過去の私の悪行が、大勢の方に被害を与えてしまったからです。当然の報いだと思います。ご迷惑をおかけした皆様には、心から謝罪したいと思います。

悪行の限りを尽くした私ですが、私たちの子どもには罪はありません。私が世の中にかけ

93　先述の通り、組長である茂雄氏は長年カタギの仕事としてリフォーム業に携わっている。組の若中頭なども建設業を営んでおり、若い衆を働かせている。二足の草鞋を履く理由を筆者が問うと「暴排が厳しすぎてミカジメなんかのヤクザのシノギだけでは食えないから」という。ちなみにミカジメとは、ヤクザの縄張り内で商売をする経営者に要求する金銭のこと。当該地区で営業を認める対価、用心棒代、挨拶料、ショバ（所場）代などの名目で徴収する。クラブ、スナック、キャバクラ、ホストクラブ、ソープランド、ファッションヘルス、パチンコ店、雀荘などが対象となる。

た迷惑を凌駕するほど、この子が社会の、人の役に立って欲しいと願うばかりです。そのためにも、私は全身全霊を込めて、子どもの教育に後半生を捧げたいと思います。

悪行といえば、大学で一緒だった茂代ママも反省しています。反省するだけではなく、彼女は、ビッグママの背中を見て、社会のために働いています。「居場所のある社会」を目指して彼女がしていることは、とても私に真似ができるものではありません。

ですが、少しだけ、お手伝いさせて頂きたいと思っています。袖触れ合うも多生の縁……袖が触れ合ったのが大学では寂しすぎますが、茂代ママとの出会いは、きっと何かの縁だったと思います。

シャブと縁を切り、窃盗から足を洗った私の更生[94]に寄り添い、時には優しく、時には厳しく窘め、今も傍で力を貸してくれる——見た目は昭和だけどハイテクな男の荒井仁さんと妻の香織さんに、この場を借りて感謝いたします。そして、私が足を洗ってから今日まで、私を見捨てずいつも傍に居て下さる方々に、心から感謝しています。

94　「組長の妻だから更生してないじゃないか」と仰るむきもあると思う。しかし、亜弓姐さんは、現在、少なくとも直接犯罪に従事していない。彼女を犯罪的生活から足を洗わせたのは、現在は組長の立場にある茂雄氏であるが、その職業が、たまたまヤクザであっただけである（2014年5月に筆者が彼らと最初に出会った頃はカタギであった）。さらに、茂雄氏自身が言うように、暴排の嵐が吹き荒れる昨今、ヤクザのシノギでは食えないから、継続的にカタギの仕事をして二足の草鞋を履いている。そうすると、彼らの世帯の主たる収入は、正業に依存している割合が大きいと見ることが可能である。そもそも、現行法の下では、ヤクザであること、その身分が罪なのではない。ヤクザ組織の代紋の威力を背景にする等して、違法な行為を行ったことで（その行為から、犯罪の成立要件である、構成要件該当性、違法性、有責性などが認められて）はじめて（犯）罪になると筆者は考えるのである。

# 付録

## 証言① 妹の話

**【亜弓姐さんの14歳年下の妹である恵弓さんから見た、お姉ちゃんについて】**

うちからしたら、お姉ちゃんは誰よりも好きな人で、偉大な女性やった。そら、世間では、不良で、犯罪者いうかもしれへんけど、今でもお姉ちゃん大好きやねん。

うちが小学校の時も、お姉ちゃんが（実家で食事して）帰る時、私はいつも泣いててん。ずっと一緒に居たかった。当時は、お姉ちゃんが最初の結婚してたてん。トラックの運ちゃん。この人もいい人やったから、うちは良く遊びに行きよってん。

ある日、お姉ちゃん家行ったら、昼やのに寝てたから、こっそり上がり込んで、一人遊びしてたんや。なんや、テーブルの上に注射器あってん。だから、シュポンいう音が楽しくて、（プランジャーを）抜いたり、差したりしてた。そしたら、お姉ちゃん、「あんた来てたの」と、言いながら起きてきたんやけど、「何してんの、触ったらダメ」と、鬼のような顔して怒りはった。お姉ちゃんがマジで怒った顔見たの、初めてやってん。泣きだした覚えがある。

うちは、中学入るまではまじめやってん。せやかて、中学に対して不満はあった。校則が異常に厳しい学校やってん。スカート丈なんかもいろいろ言う厳しい先生ばっかかで、煩わしいわァと思いよった。2年ぐらいになると友達も（先生に）逆らう人居なくなってんね、面白ない思うたもんや。

この頃から、うちは町の不良の溜まり場に出入りして不登校になったから、お父ちゃんとお母ちゃんが相談して、隣の中学に転校さしたんや。転校した学校には、町の溜まり場の仲間居てたから、ソッコーでもっと悪うなってしもた。やるこというたら、シンナー、徘徊、ギャング、これはカラギャン（カラーギャング）とか。うちの年代は、暴走族の時代ちゃうかった。少し上のお兄ちゃんは、族で頭張[1]ってたから、先輩とかも良くしてくれてた気ぃするわ。

うちの実家は3階建てやってん、せやしうちの部屋（3階）が溜まり場やった。中学終わっても、毎日やることはシンナーばっかやった。生活費いうか、遊ぶ金は父からもらうし、お姉ちゃんも「小遣いや」いうて、1回に100（万円）くらい放ってくれよってん。常に財布には10万円は入ってた記憶あんねん。

お姉ちゃんは、刑務所出たら、たまに帰ってきてた。でも、この頃、うちはシャブせんかった。シャブやると、お姉ちゃんみたくなる思うてた。

そうこうしてたら、地元の先輩がミナミのキャバで働くことになったから、「手伝わん？」と誘われて、キャバ嬢になってん。職場行くと、女の子は皆シャブやってんけど、うちは、誘いを断固として断った。

でも、ついにうちもシャブの誘惑に抗しきれん事態に直面してん。実家の3階で同棲してたツレがポン中になってたんやな。

ある日、トイレに行ったら、赤いキャップが落ちてたんや。私は、それが何か、お姉ちゃんの経験から直ぐにわかってんな。「これ、誰のなん」と尋ねたら、「うちのやねん」と、仲良しのツレが手ぇあげた。うちがつい「そんなにええの」と言うと、「いっぺん、やってみん」と誘われた。

思わず、まあ、これも経験やくらいの軽い気持ちで片腕差しだしたら、プスッとやられてん。途端に、「何なんこれ、超楽しい」言うて、持ってたシンナーの袋、放ってしもた。

そこから、シャブの輪が拡がり、知り合いの幅も拡がってんな。そこで、知り合う人たちから、姉がいかに偉大な悪であるか聞かされたな。当時、1パケが0・2グラムで1万円くらいやった思う。

1　頭張るとは、頭を務める意味。この場合は、暴走族のリーダーをしていたこと。

ホントは、グラムで買う方が得なんやけど、うちはパケで買ってた。売人は、うちがポンポン買いに来るし、悪のツレ多かったから、「グラムで卸したるから商売せい」言うてくるけど、当時は、そのメリットがわからんかった。

23歳で離婚したもんの、手に職あるわけやないし、わかるもんいうたらシャブ位やったから、ミナミに出ることにしてん。外国人のシャブ屋と接触して、はじめて大きく扱うメリットがわかった。シャブの顧客はインカジ（地下カジノ）で取引することが多かったんで、うちも次第にインカジにハマっていった。

このことを知ったお姉ちゃんは、えらい怒って、茂雄さんらと一緒になって追いまわされたことある。自分は、ツネポンやってんのに、「恵弓はあかん」言うから、そん時は、なんて勝手な思うたわ。

ある時なんかは、「妹にシャブ渡してんの誰や」言うてインカジ乗り込んだまではよかってんやけど、マフィア出てきて「なんでマフィア？」言うてたのが可笑しかってん。

お姉ちゃん、「恵弓……お姉ちゃん、ヤクザなら話できるからオーケーやけど、マフィアはいかん、話ができん」と言うてたな。でも、外国人はお姉ちゃん気に入って、シスター、シスター言うてたわ。終いには、お姉ちゃん、この外国人らと取引してた。かなりデカい商売やったと思う。キロ（単位）のな。

マフィアの売人は、留学ビザで来た黒人が、ブローカーに誘われてなるケースが多いわ。外国人は、日本でも差別されるとこぼしてる人も多かった。うちは、ガングロみたいに日焼けサロンで焼いて、「恵弓も（肌の色）一緒やで」とか言ってたら、マフィアの売人たちに親近感持たれたみたいで、仲良くしてくれてた。

20代も後半になって、覚せい剤の使用と営利目的有償譲渡容疑でパクられてん。これは、シャブの売人と一緒に捕まってんな。この男には妻が居ってんけど、うちと一緒に営利してた。

裁判では、お姉ちゃんと茂雄さんが来てくれたんやけど、乱闘騒ぎがあってんな。裁判が、営利目的の部分に入った時、傍聴席に居た茂雄さんが「そんなもん、男が被るんがスジや」と言ったんや。すると、被告人の妻（シャブ売人の妻）が、茂雄さんの足を蹴ったんや。そしたら、お姉ちゃん、すごい顔になって、その女の顔面を両手で抉りよった。どつきまわされた後、その女は、鼻抉れて顔面血だらけになって泣き叫び、法廷が騒然となったこともあったなあ。

結局、うちは、（覚せい剤の）使用だけで済んで、1年10か月打たれる（判決を言い渡される）ことになってん。大学に居る時も、お姉ちゃん足繁く面会に来てくれたんが嬉しかった。

ある時、面会に来て、こない言うたんや。「お姉ちゃん、赤ちゃんできたの」ってな。うち、咄嗟に言うてしもた。「お姉ちゃん、頭おかしくなったの？」と。すると、一緒に来てたお父ちゃんが、「恵弓、ホンマのホンマや」言うから、お姉ちゃんの顔見ると、ほんとに嬉しそうに笑ってた。うち、心の底から思った。こんどこそ、幸せになって欲しいってな。

うちは、お姉ちゃんの背中見てマジメになりました。そして、愛する人と再会しました。やはり運命の人だったようです。その人の名はユキヒロといいます。この人のために尽くして、一生を送りたいと心から願っています。ユキヒロは今、刑務所で服役中ですが、この人の子と送る日々が幸せです。チビの為にも、ユキヒロが社会復帰したら、共に力を合わせ、真っ当に生きてゆきたいと誓いました。そして、いつの日か……うちらとお姉ちゃんの家族と一緒に、あの時、改心して良かったと心から喜びたいと思います。

証言② 元アウトロー・ヨシワルさんの話

**【40代前半。現在は会社員。なかなかの好男子で、長い懲役を経験したようには見えない】**

（亜弓）姐さんとは、10代の頃からの付き合いですわ。おれは長年アウトローしてきたけど、姐さん程のワルを見たことが無い。アウトロー言うたら、半グレの「関東連合」思い出す人が多いと思うけど、彼らは顔さらして、名を売ってナンボの世界ですわ。裏方で地道にやった方が、息が長いといえると思います。

現在のアウトローは、おれが見たところ、ヤクザでハラ決めて行っていた人が、シノギ出来んで足洗い、スレスレのところでアタマ使っている人も居てる思います。アウトローは、窃盗団とか入って、小者な仕事するから足がつく。大きな仕事せなあかん。

その点、姐さんは仕事がスマートですわ。半グレでもなく、いうたらグレグレやったん違いますか。おれら男が手に負えないワルでも平気で使ってた。何より、姐さんは顔広く、どこに行っても一目置かれる存在やったです。おれは、地元が一緒やったし、可愛がってもらっていたから、たまにオイシイ仕事だけもらっていました。

親しい子にはいつも声掛けないこと、仕事に私情が入るから。これはこうした世界に居てたら、大事なことやと思います。おれは自分でゲーム屋とかを覆面ギャングしてシノギにしてました。はじめは、ギャングやってゲーム屋が用意した「ギャング用金庫」摑まされて大したシノギにならんかったけど、やっている内に知恵が付くから、稼げるようになりましたね。姐さんは、おれらにとっては、ワルとして眩しい存在やったですわ。今でも、姐さんの後輩いうんが、誇りですね。

証言③ 元アウトロー・オサムさんの話

**【現在は解体会社の社長】**

私は、金庫（泥棒）が専門でしてん。40件立件され、6年半の懲役経験しました。姐さんとは、車を一緒にやってまして、アジトのホテルにゴザ敷いてプレートいじってました。姐さんは、台湾人のポン中店長を抱き込んで、1部屋分の価格で3つも4つも部屋押さえていました。6部屋通しで借りてたこともあった思います。ただ、姐さんの難点は、赤玉食った時、カタ悪すぎ[2]で、赤玉禁止令出したことありました。

　当時は、車だけやのうて、タバコもイってました。レガシィ1台に、3人乗って、400カートンは積めた。1カートンはセブン（セブンスター）で1250円、マイセン（マイルドセブン）で1200円、洋モクなら900円で捌けたと記憶してます。ただ、これらは重労働の割に金にならないから、車や金庫の方がマシでしたね。

　姐さんは、ヤクザでも、半グレでも、とにかく大勢の男が従ってた。何というても女、若い男が憧れてたんやないか思いますね。スラッとして、細身のコート着て、パンツもスリム。黒の指無しグローブはめてる姿は決まってました。スタイルから入って、自分を盛り上げてたんちゃいますか。当時、（姐さんに）関係ない人らでも、朴亜弓の下やった言うたらカッコつきよりましたから、カタル輩もいましたよ。それほど人気があり、名が売れていた。

　私の嫁は、姐さんの妹分やったんですわ。刑務所で選抜されて、大阪医刑（大阪医療刑務所）の看護班として勤務してた優等生やった。仕事から嫁の世話まで、姐さんには本当にお世話になってます。世間の人は、悪く言う人も居るかもしれませんが、姐さんは、今でも私らのヒーローです。

2　態度や振る舞いに抑制が利かないこと。

対談

組長の娘（中川茂代）×組長の妻（朴亜弓）

中川：うちらが盛り上がるんは、大学の話やな。

朴：飲んだら、だいたいその話題かな。キリがないですね。（大学は）行くところやないですからね。女性は特に。人生失うもの多すぎる。

中川：ちょっと、亜弓。あんた、言葉が美しい。

朴：そおお？

中川：うちは関西弁。あんたも合わしてえな。

朴：だいたい、いつもこれやん。なあ？

中川：まあ、フツーの時はな。あんたも、キレるとあかんねんな。

朴：ここ、キレるような場面ですか？

中川：まあ、ええわ。亜弓とは観察工場でも一緒やってたんな。

朴：クルクル[3]とかですね。

3　百均で売っている生クリーム絞りの上部・ナイロン部分のこと。

中川：雑居一緒になって、一番最初、話したんやんな。

朴：どこの人とか。そんな内容でしたか？

中川：アカン、忘れてる。あんた、京阪沿線言うたやんか。

朴：でしたか？

中川：お互い、ピピッて反応したんやんな。他とは違うこの女、いうな。

朴：同じようなニオイ……同類反応出たんですよね。そこは覚えてます。

中川：あの時、うち42（歳）、亜弓、あんたなんぼやってん。

朴：36（歳）ですか、その位でしたね。

中川：ハナから（最初から）、ヘンプ（片布）ついてる服、交換したりしたな。

朴：作業中、担当台に呼ばれて「縫い目違うやろ」言うて調べられましたね。で、お互い「テッパン（ケツを割らない・途中で折れない）」でしたね。最後まで、張りきった。

**中川**：お互い、演技上手かったなあ。

**朴**：大学で演技できないと、損ばっかしますでしょ。あと、何事もやり始めたらテッパン。躊躇いは懲罰のもと。官もその辺（一瞬の躊躇い）は目ざといよね。

**中川**：あんた、懲罰の天才やったんちゃう。右向いて、左向いたらもう居らんやったろ。亜弓、もう転房か？思うたら、懲罰やんな。

**朴**：姐さんと違って、トラブルメイカーでしたからね。

**中川**：うち、早い段階で「短気は損期」いう、大学のモットー教えたったやんか。

**朴**：パロール審査（仮釈放審査）の半年前までなら、懲罰いくらもらっても仮釈関係ないでしょう。

**中川**：あんた、そこなんか。そこやなくて、「集会」出れんやんか。

**朴**：大学で素敵な部屋って、昼夜独居違いますか。「集会」なしでも引き合いますよ。

**中川**：あんた、そこが変わってんのやな。

**朴**：姐さんには、お菓子入れてもらいましたね。「食べられへんやろ」言うて。

**中川**：うちが進級してから集会[4]の帰りな。オリの中に放ってやるんも、リスキーやったんやで。でも、あんた、甘いもん抜きやからな。可哀そうになってな。亜弓、あんた1回ぐらい、集会出たん。

**朴**：1回はあったと思います。2回はなかったで

---

4　刑務所の優遇措置のこと。優遇措置とは、受刑者について、比較的短期間の受刑態度を評価して、第1類から第5類までの優遇区分に指定し、その優遇区分に応じて、外部交通の回数を増加させたり、自弁（受刑者が自分のお金で物品を購入すること）使用できる物品の範囲を広げるなどの措置を講じる制度。優遇措置は、まじめに受刑生活を送っている受刑者により良い待遇を与え、受刑者の改善更生の意欲を喚起することを目的としている（法務省ホームページ）。第3類になると、月1回の「集会」に参加することができるようになり、甘い物などお菓子を自弁で購入して食べる機会が与えられる。

すが。
**中川**：うちの隣に居ったとき、なんや騒ぎあったやんか。あれ、何やっててん。
**朴**：ティッシュの音がウルサイ事件？
**中川**：なんなん、それ？
**朴**：姐さんがオリにしがみついて観てたあれでしょう？
**中川**：担当に「靴はいて出なさい」言われてたやんか。
**朴**：ティッシュ取る音がウルサイ事件ですよ。集団部屋、ダルくなる時ありますから、わざとゴチャ言ったんですよ。
**中川**：ティッシュにか？
**朴**：同房の女に（笑）。その子がティッシュやたらと使うんで、夜中にティッシュ取る度に目が覚めるし、カサカサいう音にイラッとして、「あんた、音ウルサイわ」と窘めたら、「何やの！」ってヤマ返してきたんです。そしたら「何やコラ」となりますやん。あの部屋、合わない人が多かったんです。それ我慢するくらいなら、独居が幸せ。
**中川**：でも、一畳半の部屋、嫌やない？
**朴**：私は、孤独が好き。担当が「点検」来ても、「何？　点検、うっさいわ、ちょっと待って」言うて相手にせんかったですよ。でも、人恋しくなって「工場行きたいなあ」と思ったら、「点検、500番」「はい」になりますけどね。
**中川**：亜弓は、フルコースで、水が出ない部屋とか、ピンクの部屋に入れられたやんか。
**朴**：モノ壊すし、暴れたからかしらね。
**中川**：あんた位やで、「食器口」から、催涙スプレーされたの。考えられへん。するヤツもされるヤツも。ナチスの特別処置みたいやな。
**朴**：あれは、さすがに地獄。でも、血を塗ったくったりはしてないですよ。
**中川**：あの、正子とかいう女か。生理の血を壁に塗ってた。キショいな。

朴：まあ、大拘じゃあ、ピンクの部屋は入れられましたけど。防音とクッションの壁。

中川：亜弓は「この女危険につき」やったもんな。

朴：私の妹が大学入ったら、「おまえ、朴の妹か」いうて、工場入れられなかったみたい。

中川：可哀そう。まさかずっと独居やってんか？

朴：結局、ハナから炊場行ったみたいです。

中川：工場も、亜弓は放浪者やってんな。

朴：1工場は初犯、2工場は累犯、で、3工場が累犯と初犯のミックスでしたね。

中川：あんたは、基本、2工場やろ。

朴：人数多かったですよ、2工場。

中川：何してたん。

朴：何でもやったと思います。ミシン、ハーネス（配線）、ピンチ、あと念珠作るの。

中川：で、たまに3工場来てたな。

朴：姐さんと会いたくなったら、喧嘩して工場変えてもらうの。

中川：その、繰り返しやったもんな。あんたと、ソックスの出来高競ったんが懐かしいわ。

朴：大学の工場も環境が大事ですよ。3工場は雰囲気よかった。

中川：あんた以外の有名人、事件でな、誰が居たんかいな。

朴：私は有名人やないですよ。有名どころでは、たとえば、青木恵子さん。

中川：あの女は無罪になってんな。5000（万円）くらい貰ったんちゃう。

朴：あの人の弁護士は凄腕。私、大拘で青木さんに紹介してもらったもん。

中川：あんた、ポリの偽証で、あわや10年のところやってんな。

朴：あとは、石井久子[5]、オウムの。長いワンレン、

5　元オウム真理教幹部、石井久子のこと。1995年に発覚した一連のオウム真理教事件に関係したとされ、犯人隠避などで起訴。懲役3年8か月の実刑判決を受けた。

肩のあたりまでカットしてた。
**中川**：それ、うちの時は居らんかったわ。そんだけ有名人やったら、工場出てないわな。
**朴**：1寮で昼夜独居。朝から晩まで紙細工してました。
**中川**：料亭「恵川」の元女将、尾上《おのうえ》（縫《ぬい》）[6]も居った。銀行潰したんやんやなあ。
**朴**：上品な人やったなあ。新人入ってきたら、「あんたの運勢みたる」とか言うて。「神が降りて来てます」とかなんとか煙にまく。変わった人やったの覚えてます。

6　尾上縫は、大阪府大阪市千日前にあった料亭「恵川」の元経営者である。バブル絶頂期の1980年代末、「北浜の天才相場師」と呼ばれ、数千億円を投機的に運用。しかし、景気の後退とともに資金繰りが悪化、金融機関を巻き込む巨額詐欺事件を引き起こした。彼女らの会話にある「銀行潰した」とは、巨額の融資を行い消滅した東洋信金のことと思われる。1998年3月、懲役12年の実刑判決を受け、2003年4月、最高裁が尾上の上告を棄却し、実刑が確定した。

**中川**：亜弓、あんた福田和子[7]の死んだ部屋やってんな。3寮かどこか。
**朴**：「気分悪いから薬下さい」言うたのに、官に放置された……。
**中川**：朝になって冷たくなってたんやろ。
**朴**：それですよ。あの部屋はヤバい、みんな金縛りになる。時効直前で逮捕されたし、そんな死に

7　福田和子は、松山ホステス殺害事件の主犯である。キャバレーのホステスとして働いていた1982年、松山市内で福田の同僚だったホステス（当時31歳）の首を絞めて殺害し、逃亡。逃亡中は幾度となく偽名を使ったり美容整形を繰り返したりするなどして全国のキャバレーを転々とする生活をしており、「7つの顔を持つ女」と呼ばれた。愛媛県警察が懸賞金をかけた捜査を行い、公訴時効が成立する21日前である1997年7月29日、福井市内で逮捕された。2003年11月、上告棄却。無期懲役の刑が確定し、和歌山県和歌山市の和歌山刑務所に収監された。なお、一説によると、福田の死因はくも膜下出血であり、2005年2月に刑務所内の工場の作業中に倒れて緊急入院し3月10日に和歌山市内の病院にて死去したという。したがって、女子刑務所の第3寮の房内で死亡したか否かは不明。

方したからか、成仏できないんでしょうか。私は、初日から横になってウトウトしたら金縛り。何度も金縛りになるんで、聞いてみたらそんな因縁話があったんですね。だから、同房者イジメて計画的懲罰。独居に落ちて二度とその3寮雑居には帰らなかったですね。

**中川**：部屋変わるんは、ゴチャ言うんが一番かいな。

**朴**：そうですね。懲罰はしゃあないですが、理由はなんでもいいんです。「あんた、顔が気に入らん」とかね。でも、言われましたねえ。「うちが自分で描いた顔違いますやん。どないしたらいいのですか」って。パフォーマンスですから、恨みはないんですよ。

**中川**：そこ、W刑（女子刑務所）オリジナルで、雑居の懲罰房にしたら効果あるんちゃう。

**朴**：それなら私も懲罰嫌ですわ。

**中川**：しかし、刑務所は教育がおかしい。

**朴**：社会で通用する常識が、大学では非常識。反対に、大学の常識は社会で通用しない。長年、中に居たら社会出て通用しなくなる。

**中川**：いっそ、舎房は全て独居にせなあかんとも思うで。受刑者を交流さしたら、ロクなことないな。悪いことばっかり覚えるから、余計に悪くなる。そういう意味では、たしかに「大学」やな。犯罪大学。

**朴**：刑務官も質が落ちましたねえ。

**中川**：憎らしいの多いな。

**朴**：入っている人に好かれた方が刑務官自身も仕事やりやすいと思いますけど。昔の刑務官、年配ね、言うことも理解できる。若いのは、チャラチャラしてるし、口の利き方知らんですね。キスマークつけて来るのもいましたし、タバコ臭い。そこは女子として、嗜みいうモンが必要と思います。

**中川**：シャバも大学も、人間の質が変わってきよる。親の教育かいな。

**朴**：お互い、もう一度大学での「学びなおし」は止めましょうね。

**中川**：うち、人生で一番マジメしてるやんか。もう、嫌やわ。

（平成29年1月29日）

# 船底のジャンヌダルク——あとがきにかえて

「犯罪は安穏《あんのん》な社会の船底に響き続ける、重く暗い軋《きし》みであります。デッキで陽光を浴びる大多数の人々の耳にその軋みが届くことはない」（『初等ヤクザの犯罪学教室』浅田次郎　幻冬舎アウトロー文庫　1998年）

本書の主人公、朴亜弓がエネルギッシュに活動した時代は、昭和末期から平成初頭の安穏とした時代に陰りが生じてきた平成の不況時代でした。犯罪者の世界を〝船底の重く暗い軋み〟であるという浅田次郎氏の比喩は、まこと的を射た表現であると思います。好景気が去った後の日本社会は、まるで平底船のように船底の比重が重くなり、平成27年の「警察庁統計資料」を見ると、平成11年には、犯罪認知件数216万5626件と戦後最高を記録しています。

しかし、その暗い船底で、亜弓姐さんは、平成のジャンヌダルクよろしく、多くの荒くれ男たちを従え、国家権力や、自らの自由を束縛する人々に果敢に挑戦します。これが虚実混然とした読み物であれば、痛快な娯楽書となるかもしれません。しかしながら、本書の内容は、本人の記憶違いや誇張などのバイアスを除けば、事実を筆者が聴き取り、書き記したノンフィクションです。

私が、彼女のお話に興味をもった最初のきっかけは、我が国の犯罪史上稀にみる女首領による組織的な犯罪であるからです。犯罪社会学を専門とする私が知る限り、一般的な女性の犯罪とは、①単独犯あるいは小規模な同性グループによる窃盗、②売春や薬物事犯などの被害者無き犯罪、③男性を主犯とする従属的犯罪、④嬰児殺人、などが一般的です。とりわけ、昨今は、インターネットなどの新時代コミュニケーションの普及により、②売春や薬物事犯が看過できぬ社会病理として指摘されています。ですから、この平成の世の中に、窃盗団の女首領というのは珍しいなと思ったのです。

江戸川乱歩の作品に、『黒蜥蜴』[1]という作品があります。女賊率いる窃盗団が、日本最大最貴のダイアモンド「エジプトの星」を巡って、主人公の名探偵・明智小五郎と死闘を演じる筋書きです。この小説に基づいた三島由紀夫脚本の演劇が、昭和37年3月3日から26日の間、サンケイホール（東京）において上演されており、俳優は黒蜥蜴という女賊を水谷八重子、名探偵・明智小五郎を芥川比呂志が演じています。「同じ三十七年に三島脚本をベースに映画化されて以来、舞台に映像にと、（中略）美輪《みわ》明宏《あきひろ》（当初は丸山《まるやま》明宏）の当たり役となって、（中略）数知れない観客を沸かせてきた影響が大きい」と、同書の巻末解説にありますように、『黒蜥蜴』の持つ、意外性、女首領という斬新性が、女性の社会進出という世相と相俟って大ヒットしたのではないかと思います。乱歩自身も、「私の小説では唯一の女賊もの」と解説していますように、なかなか女性の首領という設定は、現実にも、小説世界の中にも見出すことが稀有といえます（『江戸川乱歩全集　第9巻　黒蜥蜴』光文社文庫2003年）。

もっとも、女賊による事件がフィクションの世界に限定され、現実社会において皆無というわけではありません。昭和8年11月9日付の読売新聞紙面を、一つのセンセーショナルな事件が飾りました。

「新宿の『グランド・ホテル』黒衣の断髪女が主役　八人組ギャング団　貴金属二千円を奪う」という物々しいタイトルです。以下、事件の顛末をご紹介しましょう。

当時の記事は、旧字体なので、平山亜佐子氏の事件紹介を引用します。

「殷賑を極めている山の手銀座『新宿』を中心に、映画「グランド・ホテル」を地で行く淀橋区角筈一ノ一新宿ホテルを舞台として遂にアメリカン・ギャングそこのけの八人組ギャング団が現われ、貴金属商を誘って花のような黒衣断髪の謎の貴婦人を主役に白昼堂々とホテル内監視の眼の前を拳闘家くずれの壮漢五名の一団が乱入して、貴婦人と価格二千三百円余の貴金属類を強奪逃走した大胆不敵極まる奇怪事件が起ったが、店員等の活躍で逃げ遅れた

1　新潮社が発刊した大衆雑誌「日の出」において、昭和9年1月号より12月号まで連載されたものが初出。

跛足の老紳士と使いの男を逮捕、更に淀橋署の必死の努力でその全貌が瞬くまに判然し、主役謎の黒衣の女は「満洲おふみ」で通り、最近満洲から帰って来た一名『有閑マダム』こと大内八重子（二二）と判り、午後十時半浅草で悠々活動見物中を逮捕したほか、ギャング団一味も刑事隊の活躍により横浜方面に貴金属を持って逃走中の参謀格静岡県生れ住所不定池田武造（二七）を残すほか九日午前一時までに七名をそれぞれ逮捕した

**拳闘家くずれ五人　突如部屋に乱入　女もろとも自動車で奪い去る**

事件は（筆者注・昭和八年十一月）八日午後一時ごろ年齢五十歳位の老紳士が忽然四谷区新宿三ノ一貴金属商紺野粂次郎商店に現われ「田舎の豪農の令嬢がダイヤやプラチナ等の貴金属類を四千五百円程買いたいから新宿ホテルまで持参して貰いたい」と注文して来たので主人は余りのことに不審を抱いて警戒し同店に来るように交渉したが「足が悪いから来られないがホテルの人を立会わせたらよかろう」と。電話でホテルの承諾を得た上同店員角田好正（三四）同小松松蔵（二七）の二人が一緒に貴金属類を持って新宿ホテル二階卅一号室に行き、ホテルの事務員古竹豊（二六）同溝口英一（二二）の立会の上で客の年齢五十歳位な足の悪い老紳士が「私が買うのではない隣の令嬢が買われるので私はブローカーですから」とて、店員を二つ隣の卅四号室に連れてゆくと同室には年齢廿六七位の黒洋服に身を包んだ貴婦人風の女がいて、室内に入ってはいかんとて、貴金属類中から白金ダイヤ入りネジウメ指輪二個と白金キヘイ型鎖（三匁一分五厘）一本及び廿金キヘイ型鎖（五匁九分）一本を選

んだ末、今一つ白金の指輪が欲しいというので電話で主人条次郎氏が持参し、件の女に手渡した瞬間、背広服を着た壮漢五名がいずれもステッキを持って玄関から二階に駈け上がり、卅四号室に乱入して貴金属五個（価格二千三百四十三円五十銭）と共に件の女を強奪し、驚く一同を威嚇して脱兎の如く表玄関口へ逃れ、そこにいた円タク（番号二四七四三号）に飛び乗ると電車通り方面に疾走し去った、驚いた同ホテルでは直《すぐ》に淀橋署に当報係員が急行卅一号室の宿泊客及び使いに行った男一名逮捕した」（『明治　大正　昭和　不良少女伝――莫連女と少女ギャング団』　河出書房新社　２００９年）

まさにボニーとクライドのアメリカン・ギャング映画を彷彿とさせるような事件です。何より、この事件の首領が大内八重子という若い女性であり、壮漢五名や老紳士を指揮しての強盗ということで、世間を騒がせた事件であることは、想像に難くありません。江戸川乱歩の『黒蜥蜴』も、黒衣の若いマダムが窃盗団の首領でしたから、もしかするとこの事件にインスピレーションを得たのかもしれません。

本書において、ギャングの首領として、男たちのみならず警察官をも屁とも思わず悪事を重ねる亜弓姐さんも、黒衣の仕事着に身を包み、「スタイルから入って、自分を盛り上げてたんちゃいますか」と、子分に言われるほど、そのスタイルは決まっていたそうです。

新宿「グランド・ホテル」事件の主犯、「有閑マダム」こと大内八重子のその後は不明ですが、本書の「クルマの朴」こと、60人の男を率いたギャングの首領・朴亜弓姐さんは、新たな人生のスタートラインに立ちました。彼女は、結婚、出産を経て、次のように言います。「私は、極道の妻として生きてゆかなければなりません。そしてなにより、母としても。水平線の向こうには何があるのでしょう。生まれてはじめて、自分以外の人の決断による人生を歩むこととなりました。けれど、私が愛した人ですからついてゆきます。結果がどうなっても、後悔はありません。最愛の人と決めた道なのですから」と。

彼女は、夫、そして子どもという「強い人的なつながり」を得て、長年の犯罪や非行的生活から足を洗いました。この更生への道筋は、男性の犯罪者とも共通するものがあります（ご興味ある方は、犯罪社会学に関する書籍にて「社会的絆（ボンド）理論[2]」を参考、研究して頂きたいと思います）。無粋ですので、本書中において犯罪社会学者としてのコメントは控えさせていただきます。

ただ、ライフヒストリーを編んだ者として、朴亜弓姐さんには逞しく生きてほしいと願います。「もしかしたら、土手の上の人からは『（元）犯罪者』と非難され、土手の下の人からは『裏切者』と言われるかもしれません」というごとき懸念は、過去に置いてきて頂きたい。常日頃「私の宝者です」という子どもには、社会における船底の重く暗い軋みとは無縁の環境を与えて頂きたいものです。そして、「私が世の中にかけた迷惑を凌駕するほど、この子が社会の、人の役に立って欲しいと願うばかりです」という約束を、必ず実行してもらいたいと切に祈りながら、拙い筆を擱かせていただきます。

福岡市中央区六本松にて

廣末　登

---

2　犯罪的生活を続ける者の更生を考えるうえでは、トラビス・ハーシの「社会的絆（ボンド）理論」（以下、ボンド理論）が有効であると考えられる。一般に、犯罪社会学の理論というと、「人はなぜ犯罪を犯すのか」という視点から説明しようとする。しかし、反対に「なぜ多くの人は犯罪を行わないのか」という視点から説明しようとした試みが、１９６９年にハーシの唱えたボンド理論である。ハーシによると、犯罪を抑制する次の４つの社会的ボンドがあるという（『非行の原因』文化書房博文社　１９９５年）。

①　愛着のボンド——両親や先生、雇用者に対する愛情や尊敬の念を指し、彼らに迷惑を掛けたくないという気持ちが非行や犯罪を抑制する。

②　努力のボンド——これまで努力して手に入れた社会的な信用や地位を、犯罪にともなう利益獲得と比較し衡量した上で、非行や犯罪が抑制される。

③　多忙のボンド——合法的な活動に関わり、非行や犯罪に陥る時間がないこと。

④　規範意識のボンド——社会のルールに従わないといけないという意識であり、非行や犯罪に罪の意識が強い場合は抑止される。

【参考文献】
浅田次郎『初等ヤクザの犯罪学教室』幻冬舎アウトロー文庫（１９９８）
江戸川乱歩『江戸川乱歩全集　第9巻　黒蜥蜴』光文社文庫（２００３）
北沢あずさ『実録！女子刑務所のヒミツ』二見書房（２００６）
坂本敏夫『元刑務官が明かす女子刑務所のすべて』日本文芸社（２００２）
ジョナサン・キャロル『死者の書』東京創元社（浅羽莢子訳、１９８８）
坪内順子「女子非行から見た現代青少年の心の病理――特に性と暴力を中心とした分析――」『青少年問題』26（11）（１９７９）
トラビス・ハーシ『非行の原因――家庭・学校・社会へのつながりを求めて』文化書房博文社（森田洋司・清水新二監訳、１９９５）
浜井浩一『刑務所の風景――社会を見つめる刑務所モノグラフ』日本評論社（２００６）
平山亜佐子『明治　大正　昭和　不良少女伝――莫連女と少女ギャング団』河出書房新社（２００９）
廣末登『ヤクザになる理由』新潮新書（２０１６）
廣末登『組長の娘　ヤクザの家に生まれて』新潮文庫（２０１６）
藤本哲也『刑事政策概論（全訂第七版）』青林書院（２０１５）
法務省HP　http://www.moj.go.jp/kyousei1/kyousei_kyouse03.html
矢島正見『戦後日本青少年問題考』一般財団法人　青少年問題研究会（２０１２）
朝日新聞「和歌山市のカレー毒物混入事件」２００８年７月25日
朝日新聞デジタル「15章　凶悪殺傷 - ビジュアル年表（戦後70年）」
http://www.asahi.com/special/sengo/visual/page74.html
毎日新聞ウェブ版「大阪女児焼死　再審　母親に無罪判決　地検は上訴権放棄へ」２０１６年８月10日
http://mainichi.jp/articles/20160810/k00/00e/040/221000c
毎日新聞「カレー事件　林死刑囚の再審請求棄却」２０１７年３月30日
セキュアジャパン「宝石店強盗の男４人逮捕／昨年11月に１８０万円相当奪う／大阪府警・門真署」
http://www.ansin-jp.com/example/example.php?way = 4&ex_build = 11&mydate = 0&city = 27&pg = 1

【取材記録】
1　ヤクザの家に生まれて
2　生活の中心にはシャブがあった
3　初めての逮捕と初めての結婚
4　自動車窃盗のＡＢＣ
5　ギャングの女首領になる
6　大学（刑務所）に入学
／取材期間：２０１６年12月5日～9日　取材時間：14時～18時
7　懲りない女と笑ってください
8　隣人は林真須美
9　病は治るが癖は治らぬ
10　出所後の暮らし
11　組長との再会
12　これからも一緒に居てくれるか
13　そして組長の妻となる
／取材期間：２０１７年1月29日～2月3日　取材時間：14時～18時
付録　証言①　妹の話／取材日：２０１７年2月1日　取材時間：18時30分～19時40分
付録　証言②　元アウトロー・ヨシワルさんの話／取材日：２０１７年2月1日　取材時間：21時～21時40分
付録　証言③　元アウトロー・オサムさんの話／取材日：２０１７年2月2日　取材時間：19時40分～20時15分
付録　対談　組長の娘（中川茂代）×組長の妻（朴亜弓）／取材日：２０１７年1月29日　取材時間：17時～17時30分
（再）法を信じた瞬間
（再）カムバック

（再）私の心からの懺悔

／取材期間：２０１７年３月20日～23日　取材時間：15時～18時

●内容確認の読み合わせ／期間：２０１７年３月20日～23日　時間：15時～18時

●書簡による筆者記述の内容確認と亜弓さんによる加筆・修正の期間（ゲラ修正は除く）

／第１回目期間：２月13日～28日　第２回目期間：３月９日～18日

※聴き取りは、時間を決めて組長の自宅にて行った。元アウトローの話（証言②、③）に関しては、近隣の居酒屋にて行った。組長の娘×組長の妻対談は、組長の自宅においてボイスレコーダーを用いて行った（ボイスレコーダーを使用したのはこの時だけである。他は全て面前にてメモを取って発言を記録した）。

廣末　登（ひろすえ・のぼる）
1970（昭和45）年福岡市生まれ。北九州市立大学社会システム研究科博士後期課程修了。博士（学術）。専門は犯罪社会学。青少年の健全な社会化をサポートする家族社会や地域社会の整備が中心テーマ。現在、大学非常勤講師、日本キャリア開発協会のキャリアカウンセラーなどを務める傍ら、「人々の経験を書き残す者」として執筆活動を続けている。著書に『若者はなぜヤクザになったのか』（ハーベスト社）、『ヤクザになる理由』（新潮新書）、『組長の娘　ヤクザの家に生まれて』（新潮文庫）など。

組長《くみちょう》の妻《つま》、はじめます。
女《おんな》ギャング亜弓姐《あゆみねえ》さんの超《ちょう》ワル人生懺悔録《じんせいざんげろく》

平成二九年 九 月一五日 発 行

著　者　廣末《ひろすえ》　登《のぼる》
発行者　佐藤隆信
発行所　株式会社新潮社
東京都新宿区矢来町七一
郵便番号一六二―八七一一
電話　編集部(〇三)三二六六―五六一一
　　　読者係(〇三)三二六六―五一一一
http://www.shinchosha.co.jp
印刷所／錦明印刷株式会社
製本所／株式会社大進堂
乱丁・落丁本は、ご面倒ですが小社読者係宛お送り下さい。送料小社負担にてお取替えいたします。


ISBN978-4-10-351191-5 C0095
価格はカバーに表示してあります。